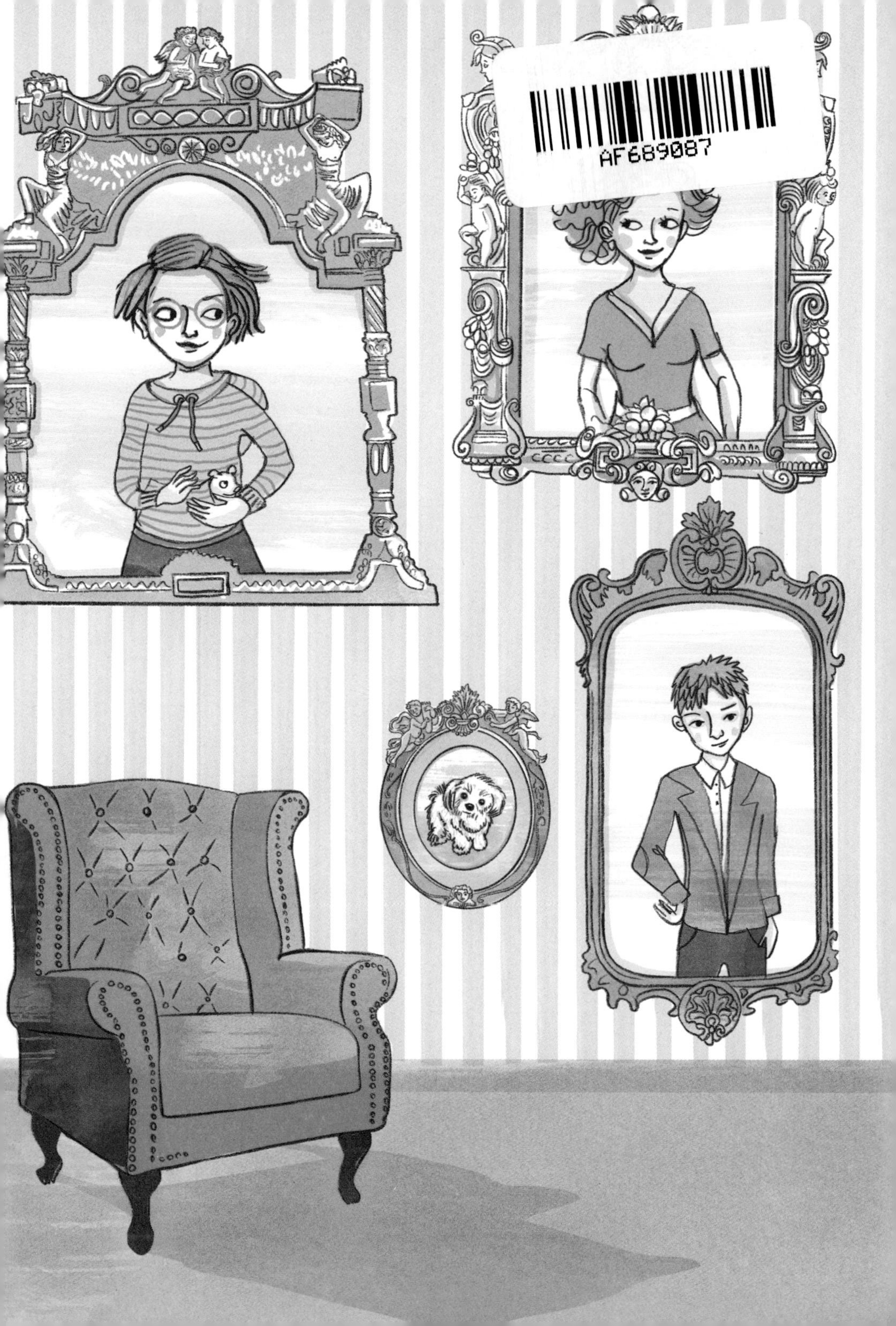

Barbara Rose

Das Bücherschloss
Das Geheimnis der magischen Bibliohek

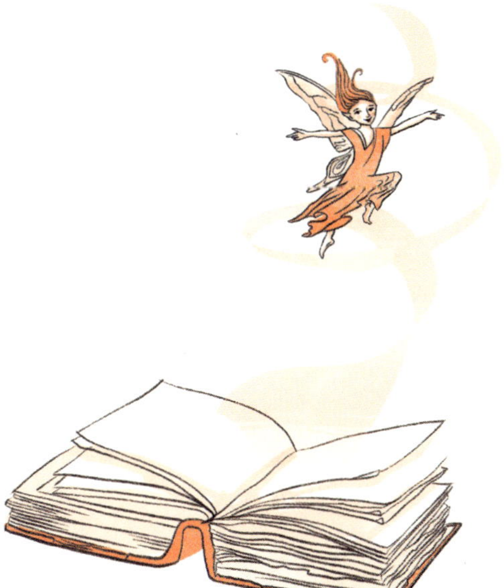

Bisher erschienen:

Band 1: Das Geheimnis der magischen Bibliothek

Band 2: Der verzauberte Schlüssel

Band 3: Eine uralte Prophezeiung

Band 4: Ein verhängnisvoller Pakt

Band 5: Der tintenschwarze Schlafzauber

Band 6: Schülerin der dunklen Magie

Band 7: Der verwunschene Drache

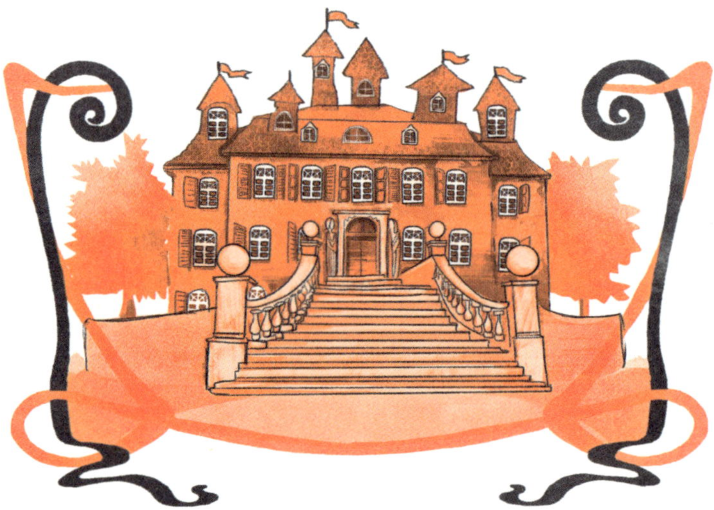

Barbara Rose

Das Bücherschloss

Das Geheimnis der magischen Bibliothek

Band 1

Mit Illustrationen von Annabelle von Sperber

Loewe

FSC
www.fsc.org
MIX
Papier | Fördert gute Waldnutzung
FSC® C109273

ISBN 978-3-7432-0656-4
3. Auflage 2025

Umschlag- und Innenillustrationen: Annabelle von Sperber
Umschlaggestaltung: Kathrin Tobian

Druck und Bindung: DRUK - INTRO S.A.,
Swietokrzyska 32, 88-100 Inowroclaw, POLEN
produktsicherheit@loewe-verlag.de

www.loewe-verlag.de

Inhalt

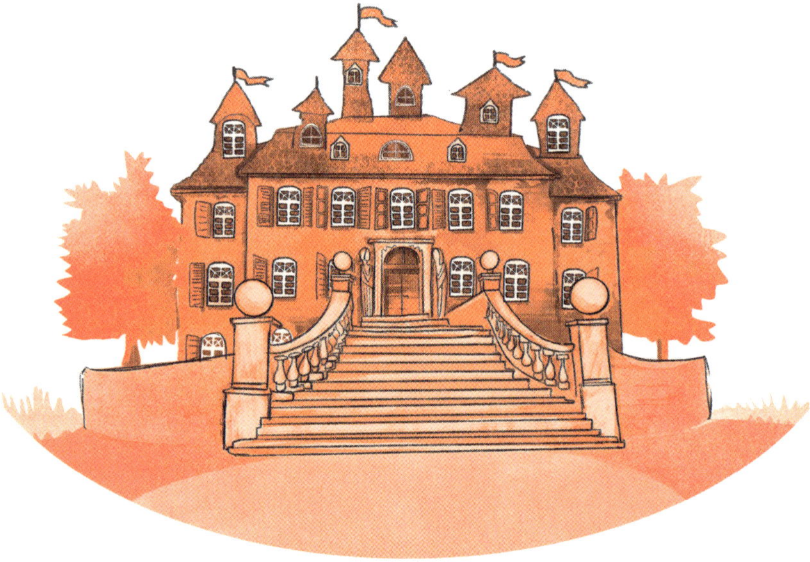

Im Verborgenen ...

„Haaat-schi! Hat-schihiii!“ Wie ein Wirbelwind fegte Genovevas Niesanfall durch die spärlich beleuchtete Bibliothek. Kopfschüttelnd zog die adelige Dame ein Spitzentaschentuch aus ihrem Kleid und putzte sich das zarte Näschen. „Verflixte Flusen. Meine Herren, es wird höchste Zeit, dass wieder ein Kind unsere Bücher in die Hand nimmt. Sonst zerfallen sie völlig zu Staub. Und wir gleich mit ihnen.“

„Was redest du, Verehrteste? So eine schrecklöche Vorstellung“, donnerte Ferdinand mit metallener Stimme. „So

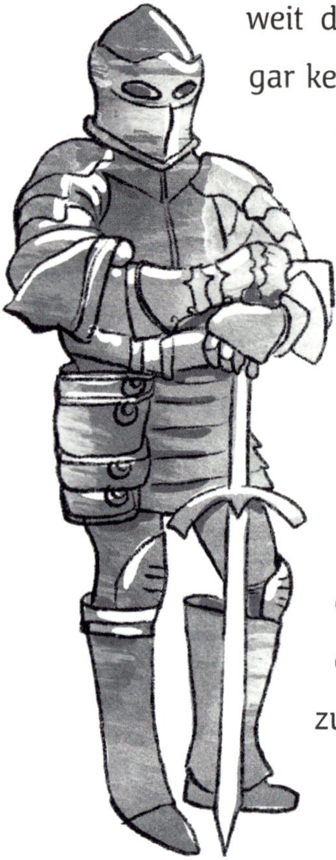

weit darf es natürlöch nöcht kommen. Auf gar keinen Fall!“

Er stampfte mit seinem Blechschuh heftig auf den Boden. Daraufhin wirbelte eine weitere Ladung grauer Flocken aus den Regalen auf. Im Licht der wenigen Sonnenstrahlen, die durch die seit Jahren ungeputzten Fenster fielen, tanzten die Flusen in der Luft. Dann glitten sie vor den Bücherborden zu Boden und fügten sich dort zu einem feinen grauen Teppich zusammen.

„Wenn hier noch mehr Staub aufgewirbelt wird, sehe ich gar nichts mehr“, beschwerte sich Pepper. Seit Stunden kauerte der Kater geduldig vor dem Fenster, von dem aus man den Eingang des Schlosses im Blick hatte. „Ihr wisst doch genau, dass sie für heute angekündigt ist. Ich bin so miaunzig aufgeregt. Die Bücher und wir warten schon so lange auf sie!“

Es war ein ganzes Labyrinth von Regalen, das sich durch diesen besonderen Teil der großen Schlossbibliothek zog. Deckenhoch standen hier dicke und schmale, kleine und großformatige, in Leder oder stabile Pappe gebundene Kinderbücher. Hohe Leitern auf Rollen streckten sich bis ganz nach oben. Für die wertvollsten Werke waren eigens Glasvitrinen aufgestellt. Dort schlummerten prachtvolle Bilderbücher auf samtenen Kissen wie die Prinzessin auf ihren vielen Matratzen mit der Erbse dazwischen.

Neben einigen Büchern standen Spielzeuge aus Holz, Metall, Plastik oder Stoff. Es waren die Figuren, die zu

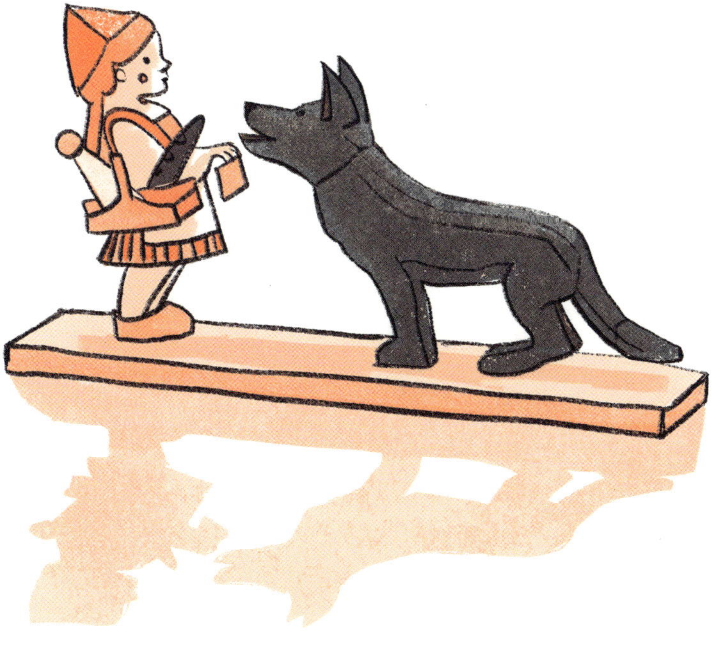

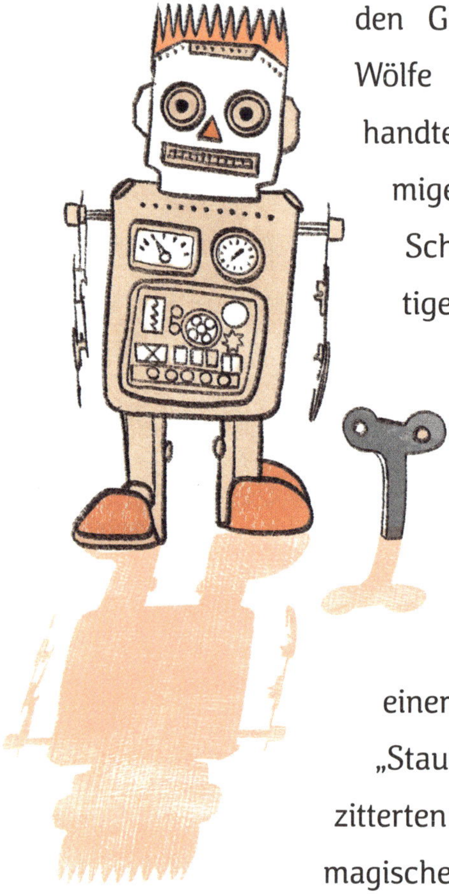

den Geschichten gehörten: winzige Wölfe mit messerscharfen Zähnen, handtellergroße Monster mit grimmigen Gesichtern, eine hübsche Schneeeule, ein Mädchen mit lustigen Strümpfen und knallroten Zöpfen und ein Junge, der eine Gans in den Armen hielt.

„Haaatschi", nieste Genoveva noch einmal. „Ich glaube beinahe, ich leide unter einer grässlichen Stauballergie."

„Stauballergie?" Peppers Tasthaare zitterten belustigt. „Seit wann können magische Wesen krank werden?"

„Warum nicht? Bestimmt steht etwas darüber in einem der dicken Medizinbücher im langweiligen Teil der Bibliothek unten im zweiten Stock." Genoveva legte die Hand an ihre Schläfe. „Auf jeden Fall bekomme ich Kopfschmerzen von deinem Stampfen, Ferdinand. Diese Blechschuhe wirbeln nicht nur Staub auf, sondern machen auch einen Höllenlärm. Das ist einfach unerhört. Eine Bibliothek ist ein Ort der Ruhe, du Grobian."

Pepper schaute ungehalten vom einen zum anderen. „Hört auf zu streiten, ihr zwei. Es gibt wirklich Wichtigeres." Mit seinen messerscharfen Krallen kratzte er aufgeregt an der Fensterscheibe. Sein breiter tintenschwarzer Kopf wackelte hin und her. „Sie ist da! Vor lauter Gemotze hätten wir sie beinahe verpasst. Ach du fette Maus! Guckt doch mal – sie ist gerade ausgestiegen. Jetzt steht sie neben dem klapprigen Auto und schaut sich unser Schloss genau an. Ganz bestimmt, das muss sie sein. Sie muss!"

„Wie sieht sie aus?", fragte Genoveva. Mit beiden Händen raffte sie ihr ausladendes Kleid hoch und versuchte, mit kleinen, vornehmen Hüpfern einen Blick nach draußen zu erhaschen. „Ist sie ihr ähnlich? Ist sie genauso hübsch? Ich halte es kaum noch aus, bis sie endlich bei uns ist."

„Wo öst sö, Pepper?", fragte Ferdinand. „Öch komme gar nöcht röchtög ans Fenster möt meinem ... ups ... Verzeihung, jetzt öst er mör heruntergefallen.“ Ein Poltern dröhnte durch den staubigen Saal, etwas rollte scheppernd über den Boden.

„Schon wieder dieser Blechkopf! Das gibt es doch nicht. Dieser Krach ist unerträglich, Ferdinand“, schimpfte Genoveva mit ihrer hohen, leicht fiepsigen Stimme. „Wenn man uns draußen hört! Du weißt doch, dass wir auf keinen Fall entdeckt werden dürfen. Zumindest jetzt noch nicht. Wir müssen uns zuerst vergewissern, dass sie die Richtige ist.“

„'Tschuldögung“, nuschelte Ferdinand. „Peinlöch, peinlöch. Habe tatsächlöch schon wöder meinen Kopf verloren. Aber ...“, er drückte den Ritterhelm kräftig auf die Rüstung, „jetzt sötzt er wöder und öch kann sö auch sehen. Wörd auch Zeit, dass sö kommt. Unsere Retterön, unsere Heldön!“

„Wo denn? Wie denn? Jetzt lasst mich doch auch mal ans Fenster, meine Herren“, quiekte Genoveva.

Ferdinand hörte gar nicht hin. „Seht doch! Oje, aber ... sö öst so klein und dünn und ... noch ein Könd.“

„Aber natürlich ist sie ein Kind, Dummkopf. Genau so

steht es geschrieben.“ Aufgeregt tupfte Pepper mit seinen dunklen Pfötchen ans Fenster, als wollte er dem Mädchen unten zuwinken. „Ich hoffe nur, sie lässt uns nicht im Stich. Sie muss uns helfen. Sonst sind wir alle verloren.“

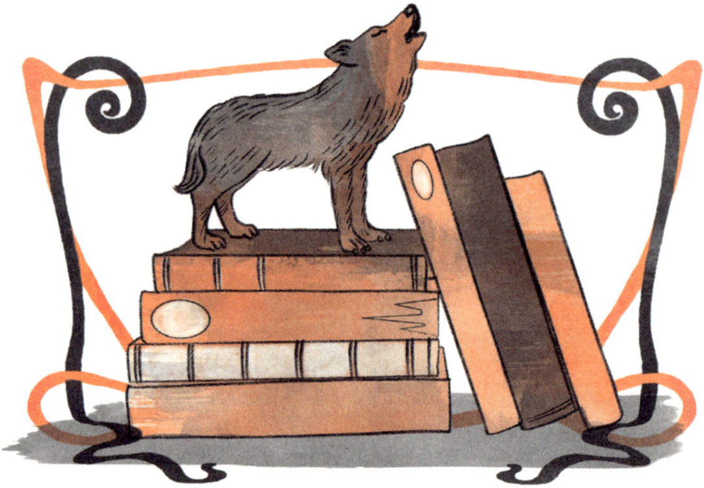

1. Kapitel

Streifenhörnchen und Magie

Becky stand auf der Kiesauffahrt neben dem klapprigen Kombi ihres Vaters und staunte. So oft hatte sie in den letzten Tagen überlegt, wie ihr neues Zuhause wohl aussehen würde. Ob es vielleicht uralt und hässlich wäre. Von aller Welt vergessen und völlig verfallen. Mit lauter Verbotsschildern und für Kinder völlig ungeeignet. Oder frisch renoviert und so vornehm, dass sie nichts anfassen durfte. Und sie hatte gegrübelt, ob sie sich dort wohlfühlen würde. In ihrem neuen Zuhause, im Schloss Rosenbolt.

„Wo versteckst du dich denn wieder?" Becky griff in die große Beuteltasche ihres Pullovers. Hier verkrümelte sich Lotti am liebsten, wenn sie gemeinsam unterwegs waren. Behutsam nahm Becky ihr zahmes Streifenhörnchen heraus und hielt es hoch. „Siehst du das, was ich sehe, Lotti?"

Das Streifenhörnchen rieb sich verschlafen die Augen, kletterte auf Beckys Schulter und betrachtete neugierig die neue Umgebung. Es sah aus, als würde es sofort losspringen wollen, um alles zu erkunden. Aber Becky hatte vorgesorgt und ein paar Haselnüsse eingepackt. So blieb Lotti beim Futtern brav sitzen und Becky ließ den Blick in alle Richtungen schweifen.

Schloss Rosenbolt hatte drei Stockwerke und ein Dachgeschoss, unzählige Erker und Türmchen. Obendrein war das Gebäude über und über mit wildem Wein bewachsen. Jetzt, im Spätsommer, leuchteten die Blätter knallorange und dunkelrot. Und genau in diesem Augenblick tupfte die Abendsonne ein paar schimmernde Flecken auf das

Schloss. Die beiden mannshohen Steinfiguren an der Hauswand begannen zu strahlen. Die Fensterscheiben glänzten auf einmal wie flüssiges Gold. Alles sah wie verzaubert aus. Geradezu magisch! Becky war auf der Stelle schockverliebt.

„Hier ziehen wir ein, Lotti. Ist das nicht ... unglaublich?"

Lotti wackelte mit dem Kopf, als hätte sie verstanden. Aber da war sich Becky nicht so sicher. Genauso gut könnte das Streifenhörnchen Nackenschmerzen von der langen Fahrt haben. Oder sich genervt räkeln, weil es stundenlang im Auto hatte hocken müssen. Und noch keinen Tropfen Wasser bekommen hatte. Becky seufzte. Wie schade, dass sie nicht einfach mit ihrem Streifen-

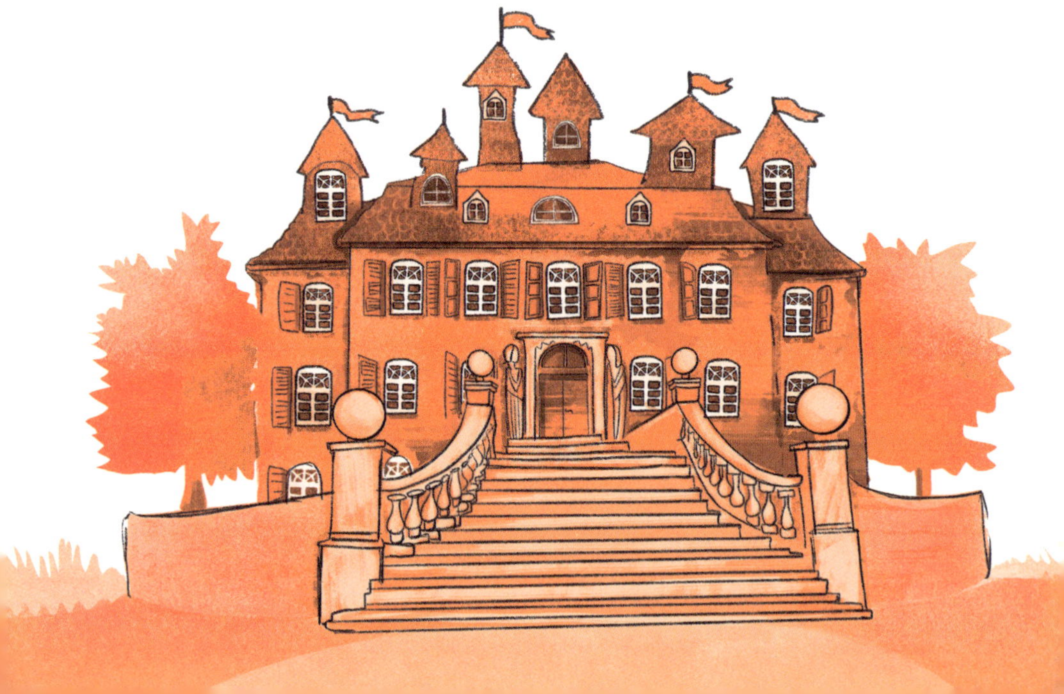

hörnchen sprechen konnte. Wie sollte Lotti begreifen, was gerade in ihr vorging?

„Papa?", wandte sich Becky an ihren Vater. „Wusstest du, dass das Schloss so wunderschön ist?"

Professor Ignaz Librum hob gerade Beckys farbigen Koffer aus dem Kofferraum. Sein großer alter Lederkoffer stand schon auf dem Kies, daneben Lottis riesiger Käfig. Der sah selbst aus wie ein kleines Schloss. Professor Librum hatte ihn eigenhändig gebaut. Drei Nist- oder Ruhekästen für Lotti waren darin, eine niedliche Hängematte und ein buntes Laufrad.

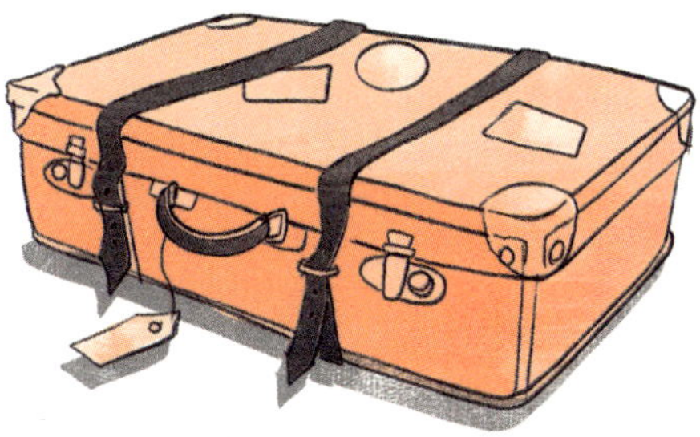

„Du gehst besser in deinen Käfig." Vorsichtig setzte Becky Lotti in ihr tragbares Zuhause. „Wir müssen uns das Schloss erst mal gemeinsam anschauen, bevor du auch allein auf Erkundungstour gehen darfst. Ich weiß ja, dass du nicht wegläufst, Lotti. Aber sicher ist sicher."

Professor Librum betrachtete Schloss Rosenbolt ausgiebig. „Ja, ich wusste, dass das Schloss sehr schön ist", beantwortete er erst jetzt Beckys Frage, während das Gebäude sein schimmerndes Abendkleid anlegte. „Deine Mama ist im Nachbardorf aufgewachsen, und hier an der Uni, wo ich jetzt arbeite, haben wir uns kennengelernt. Einmal hat sie mich zum Schloss geführt, doch wir konnten es leider nur von außen besichtigen. Und jetzt wohnen wir hier! Ist das nicht toll? Willkommen also in unserem Schloss, meine Kleine“, sagte Professor Librum und strich sich über den sorgfältig gestutzten Bart.

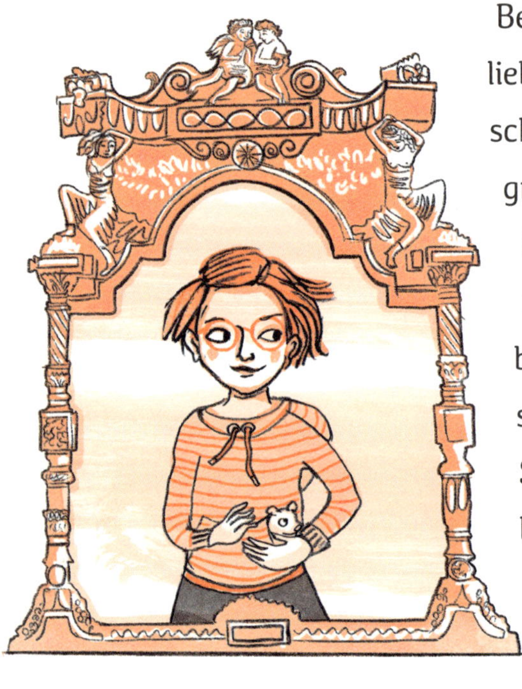

Becky warf ihm einen liebevollen Blick zu und schob ihre kleine in seine große Hand. So einen Moment durfte man unmöglich allein erleben. Und es gab ja nur sie beide ... und Lotti. Sie waren die Familie Librum, die ab jetzt auf Schloss Rosenbolt zu Hause war.

„Papa“, flüsterte Becky, „sind wir auf einmal reich?“

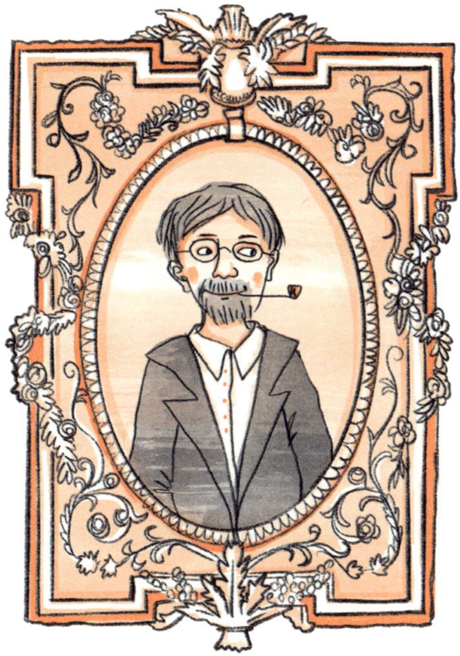

Professor Librum hüstelte verlegen. „Du siehst doch selbst, dass das Schloss ziemlich baufällig ist. Außerdem habe ich es nur gemietet. Aber reich ist man schon, wenn man in so einem Schloss wohnen darf, oder?“

„Hm.“ Becky überlegte. „Irgendwie schon.“

Professor Librum deutete nach vorn. „Schau mal! Der Brunnen sieht genauso aus wie der in deinem alten Märchenbuch, Becky.“

In der Mitte des Rondells, um das die Auffahrt führte, stand ein Brunnen. Aber nicht irgendeiner. Er war kreisrund, hatte ein vermoostes Wasserbecken und in der Mitte einen Sockel. Ein Frosch mit einer goldenen Kugel zwischen den Schenkeln hockte darauf. Aus seinem breiten

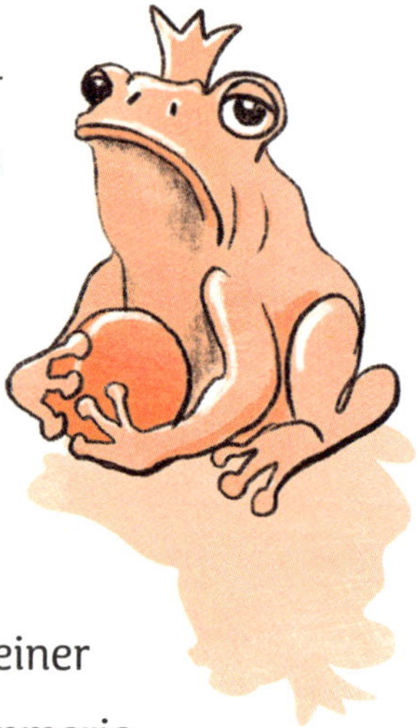

Maul hatte er wohl vor langer Zeit Wasser ins Becken gespuckt. Jetzt war es leer.

„Du weißt schon, die Geschichte vom Froschkönig“, meinte Professor Librum. „Oje, sogar der Brunnen ist ausgetrocknet. Wahrscheinlich fehlt seit Jahren das Geld dafür.“ Er zwinkerte seiner Tochter zu. „Da müsste mal die Fee Glimmeria mit ihrem Zauberstab vorbeischauen. Und – pling! – den Brunnen wieder zum Laufen bringen, was?“

Glimmeria. Allein der Name verursachte Becky Bauchschmerzen. Die Geschichten der lustigen, zauberhaften Fee aus der magischen Welt hatte sie immer zusammen mit ihrer verstorbenen Mama gelesen. So wie viele andere Märchen- und Abenteuerbücher auch. Becky schluckte. Und als könnte Professor Librum ihre Gedanken lesen, drückte er Beckys Hand in diesem Moment ganz fest.

„Alles wird gut, Becky. Ab heute sind wir König Ignaz und Prinzessin Rebecca. Das ist doch auch ziemlich märchenhaft, oder?“

„Märchenbücher sind was für Babys, Papa. Aber ich bin keins mehr.“ Becky schob die Gedanken an die Vergangenheit beiseite. Jetzt war sie in ihrem neuen Zuhause. Und das, was sie hier vor sich sah, übertraf alle ihre Erwartungen.

Professor Librum ließ die Hand seiner Tochter los und durchsuchte seine Jacken-, Hosen- und Westentaschen. „Wo habe ich nur diesen verflixten Schlüssel hingetan? Becky, jetzt sag doch mal was!“

Ein bisschen kam Becky ihr zerstreuter Vater immer so vor, als wäre er aus der Zeit gefallen. Womit er auf jeden Fall gut zu dem alten Schloss passte. Wortlos zog sie den Schlüssel aus der ledernen Aktentasche, die ihr Vater neben sich auf den Boden gestellt hatte.

„Hier ist er, Papa. Genau dort, wo du ihn gestern hingesteckt hast.“

Professor Librum schnappte den Schlüssel aus ihrer Hand und trottete kopfschüttelnd zur Eingangstür. „Kommst du, Becky?“

Becky kam nicht. Sie stand immer noch wie angewurzelt auf dem Kies, den farbigen Koffer und Lottis Schloss neben sich, und blickte sich um. Bisher hatte sie mit ihrem Vater in einer kleinen und ziemlich lauten Stadtwohnung gelebt. Vierter Stock, kein Aufzug. Ohne Balkon, ohne Garten. Und jetzt das hier! Größer könnte der Gegensatz kaum sein. Die Baufälligkeit des alten Gemäuers, von der ihr Vater gesprochen hatte, war ihr völlig egal. Becky sah nur ihr Traumschloss. Als ihr Blick nach oben zu einem der Fenster im Dachgeschoss wanderte, fiel ihr etwas Seltsames auf. Eine kleine Bewegung. Der Umriss eines Körpers. Ein Schatten, der an der Scheibe vorbeihuschte. Oder bildete sie sich das nur ein?

„Lotti, ich glaube, oben im Dach …", erklärte sie ihrem Streifenhörnchen gerade, da rief Professor Librum energisch:

„Komm jetzt bitte hinein, Becky, sonst verkühlst du dich noch. Und es wird schon dunkel."

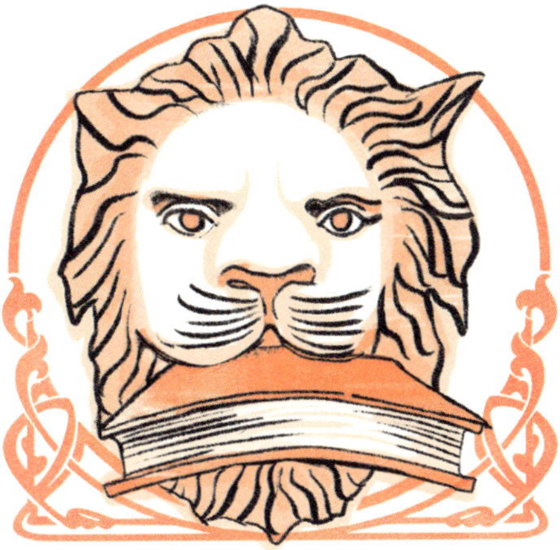

2. Kapitel

Zaubertreppen und Hungerbäuche

Eilig packte Becky den Käfig mit Lotti und stieg die Stufen empor. Als sie am Eingang stand, bemerkte sie den ungewöhnlichen Türgriff. Es war ein Löwe, der – Becky musste zweimal hinsehen – ein Buch zwischen den Zähnen hielt!

„Das passt genau zu unserem Namen", meinte ihr Vater. „Ein lesender Löwe begrüßt die Familie Librum. Fein, fein."

Librum war das lateinische Wort für Buch, das wusste Becky natürlich. Ständig wies Professor Librum sie auf die Bedeutung ihres Familiennamens hin. Die Librums hätten eine besondere Verbindung zu Büchern, behauptete er. Becky interessierte das nicht die Bohne. Nur weil jemand Bäcker oder Metzger hieß, musste er auch kein Brot backen oder Schweineschnitzel panieren. Becky weigerte sich, irgendwelche erfundenen Geschichten zu lesen. Eine Ausnahme machte sie nur bei Büchern, aus denen man schlau wurde, etwas lernen konnte. Sachbücher und wissenschaftliche Werke. Wie die Geschichtsbücher ihres Vaters, in denen Professor Librum immer wieder versank und deren Inhalt er anschließend seiner Tochter haarklein erläuterte.

Versonnen tippte Becky auf den Löwenkopf. „Papa? Warum bist du dir eigentlich so sicher, dass der Löwe das Buch lesen will? Bestimmt ist es so ein typisches Mädchenbuch, und er frisst es auf, weil es so albern ist. Ist doch logisch!“

„Becky, wirklich! Du willst eine echte Librum sein!? Du müsstest es eigentlich besser wissen. Es gibt keine albernen oder falschen Bücher. Es gibt nur Bücher, die zu einem Menschen passen oder eben nicht. Dein Urgroßvater hat ein Buch über die besten Bibliotheken dieser Welt geschrieben. Und Tausende von Büchern gelesen!" Und deine Mutter ..., wollte Professor Librum sagen, verkniff es sich aber, weil er wusste, wie sehr Becky ihre Mama vermisste. Stattdessen steckte er den Schlüssel ins Schloss und drehte ihn zweimal um. Mit einem knirschenden Geräusch sprang die schwere Tür auf.

„Oha!", entfuhr es Professor Librum, als er die Eingangshalle erblickte. „Jetzt komme ich mir langsam wirklich vor wie ein König!"

Becky schob sich an ihrem Vater vorbei und war ebenso beeindruckt wie er. Die Halle war riesig! Bodenlange, dicke Brokatvorhänge mit aufwendigen Stickereien schmückten die hohen Fenster. An einer Seite war ein mächtiger offener Kamin, über dem zwei gekreuzte Schwerter und ein Wappen hingen. Davor standen goldene Sessel mit dunkelrotem Plüschpolster.

„Nicht schlecht, Herr Specht!" Professor Librum pfiff durch die Zähne.

Die Wände waren übersät mit Unmengen von Bildern in glänzenden Rahmen. Männer in Rüstungen und mit grimmigem Gesicht waren darauf zu sehen. Frauen mit kunstvollen Frisuren und feinen Kleidern. Paare, die steif und mit gepuderten Perücken nebeneinander auf einem zierlichen Sofa saßen. Oder Szenen voller Jäger, Pferde, Hunde, Rebhühner und Hirsche.

Becky sagte nichts. Sie staunte.

Neben einem langen, schmalen Goldspiegel war eine mannshohe, ziemlich verstaubte Ritterrüstung postiert. Das Visier war geschlossen. Mit beiden Händen umfasste der Ritter ein Schwert, dessen Spitze zu Boden zeigte. Bei seinem Anblick schauderte Becky ein bisschen.

„Er sieht nicht besonders freundlich aus", meinte sie.

Professor Librum zuckte mit den Schultern. „Na und? Er ist ja auch nicht lebendig." Er zupfte am seidenen Waffenrock, den der Ritter über dem Kettenhemd und der Brustplatte trug. „Sieh mal, Becky, hier ist ein kleines Namensschild an der Wand. Unser Blechfreund heißt Ferdinand von Schwertfeger. Was für ein ulkiger Name." Nach einem letzten Blick auf die Rüstung wandte er sich dem offenen Kamin auf der anderen Seite der Halle zu. Becky folgte ihm.

Hätte sie in diesem Moment weiter auf Blechritter Ferdinand gestarrt, wäre ihr aufgefallen, dass sein Visier kurz auf- und wieder zuklappte. So, als hätte er die neuen Bewohner genauer in Augenschein nehmen wollen. Doch davon bekamen weder Professor Librum noch seine Tochter etwas mit.

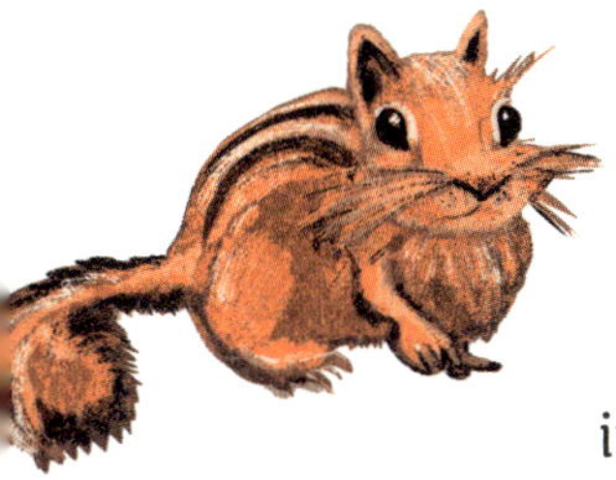

Stattdessen stellte Becky Lottis Käfig so neben dem Kamin ab, dass das Streifenhörnchen sich ebenfalls umgucken konnte. Sie selbst legte den Kopf in den Nacken und blickte nach oben.

„Faszinierend", erklärte sie kichernd und mit verstellter Stimme. Sie ahmte ihren Vater nach, wenn er über Architektur oder Geschichte sprach. „Ein sogenanntes Kreuzrippengewölbe."

Die Decke war geschwungen wie in einer Kirche, lange Steinbögen kreuzten sich in der Mitte. An ihren Enden saßen merkwürdige Gestalten. Schon häufig hatte Becky diese Art von Baukunst in den Büchern ihres Vaters bewundert. „Sieh mal, Lotti. Am Ende der Pfeiler sitzen die Kapitelle. Hier in Form von Steinfiguren."

„Faszönörend", murmelte auch Ferdinand von Schwertfeger. Allerdings so leise, dass Becky es nicht hören konnte. „Was für ein schlaues Mädchen. Dö kennt söch ja röchtög aus! Völleicht hat Pepper recht ... ganz völleicht könnte sö es wörklöch sein, auf dö wör so lange gewartet haben."

Interessiert betrachtete Becky die Figuren an der Decke, die mit weit aufgerissenen Augen, spöttischem Blick oder gerunzelter Stirn auf die Besucher herabsahen. Einige wirkten so echt, dass Becky beinahe darauf wartete, dass sie ihr auf den Kopf spuckten.

„Die Figuren sind großartig, stimmt's? Ich muss mich unbedingt näher mit der Geschichte des Schlosses beschäftigen." Professor Librum war wieder neben seine Tochter getreten. „Sieh dir die ungewöhnlichen Treppen an."

Becky folgte dem Blick ihres Vaters. Von einer großen Steintreppe aus gingen kleinere Treppen in alle Richtungen. Und zwar jede Art von Treppen. Schmale Holztreppen, schneckenförmig gewundene Metalltreppen, die sich steil nach oben schraubten, sogar eine Strickleiter, die aus einem Loch an der Decke baumelte. Alle sahen ziemlich baufällig aus. Und das Verrückteste: Die Treppen führten ins Nichts, sie endeten weit vor den Türen in den oberen Stockwerken.

„Wieso hören die Treppen einfach in der Luft auf?", wunderte sich Becky.

„Keine Ahnung", erwiderte Professor Librum. „Abgebrochen vielleicht oder verbrannt? Ich gebe zu ... das ist wirklich ungewöhnlich. Allerdings kann ich mich im Moment nicht mehr richtig konzentrieren. Du weißt doch, wenn ich Hunger habe, setzt bei mir das Hirn aus. Deshalb suche ich jetzt erst mal die Küche."

Kaum war der Professor weg, kletterte Becky auf den ersten Absatz der Haupttreppe. Sie wollte sich unbedingt das Gemälde, das dort hing, näher ansehen. Es zeigte eine Frau mit aufwendiger Turmfrisur, roten Wangen und einem gebauschten Kleid. Die Dame hielt einen Rosenstrauß im Arm, ein geheimnisvolles Lächeln umspielte ihren Mund.

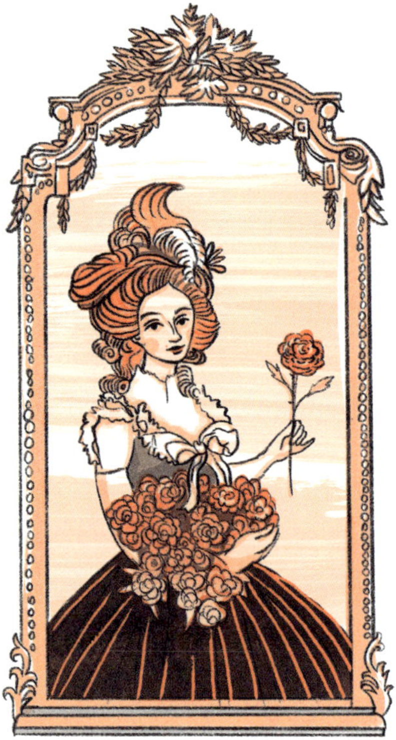

„Ge-no-va Kä-se, Grä-fin von Spi-nat“, entzifferte Becky das etwas verblichene Schild un-ter dem Gemälde. „Was für ein komischer Name. Was meinst du, Lotti?“

Wäre Becky jetzt nicht zum Käfig gelaufen, um Lotti zu ho-len, hätte sie möglicherweise gehört, wie das Bild mit der Turmfrisurenfrau sich leise aufregte: „Genova Käse, Grä-fin von Spinat!? Aber ich bitte dich, junge Dame! Was soll das für ein Name sein? Das ist doch Unsinn, kompletter Unfug. Genoveva Känuse, Gräfin von Spisenat heiße ich“, flötete die Dame im Bil-derrahmen. „Kannst du denn nicht lesen?!“ Empört pflück-te Genoveva eine Rose aus dem Strauß und pfefferte sie in hohem Bogen aus dem Rahmen und auf den Boden.

„So, jetzt darfst du wieder raus. Sieh dich in Ruhe um. Komm, Lotti“, lockte Becky ihr Streifenhörnchen und öffnete den Käfig. Und als Lotti flink hinaussprang, lag da auf einmal die Blume.

„Häh? Wo kommt die denn jetzt her? Regnet es hier rote Rosen?“ Becky blickte sich um. Kein Mensch war zu sehen. Sie legte wieder den Kopf in den Nacken und spähte zur Decke. Nichts als Mauerwerk und leblose Steinfiguren. Becky schaute zur Wand mit den Gemälden. Doch auch hier war alles genau wie vorher. Die Porträts hingen reglos und stumm.

„Ein bisschen unheimlich ist dieses Schloss schon, oder?“, murmelte Becky, während Lotti ihr Hosenbein hinaufkrabbelte und sich auf ihre Schulter setzte. „Wobei … Unsinn! Es gibt für alles eine logische Begründung.“

Becky, die später unbedingt Detektivin werden wollte, suchte immer nach einleuchtenden Erklärungen. Sogar bei einer Rose, die plötzlich mitten im Weg lag. „Bestimmt hat Papa sie aus einer Vase gezogen, kurz daran gerochen und sie achtlos fallen lassen. Wäre ja wieder typisch für ihn.“

Sie schaute sich um, ob Professor Librum irgendwo zu sehen war, doch … Fehlanzeige. Becky bückte sich, um die

Rose aufzuheben. Aber die war verschwunden. Als hätte sie sich in Luft aufgelöst oder wäre nie dagewesen. Gespenstisch! Dafür huschte auf einmal ein nachtschwarzer Kater an ihr vorbei. Sein steil aufgerichteter Schwanz mit dem gekrümmten Ende sah aus wie ein Fragezeichen. Er lief so eilig, dass Becky wie erstarrt stehen blieb. Und sie hätte schwören können, dass er … eine Rose zwischen den Zähnen hielt!

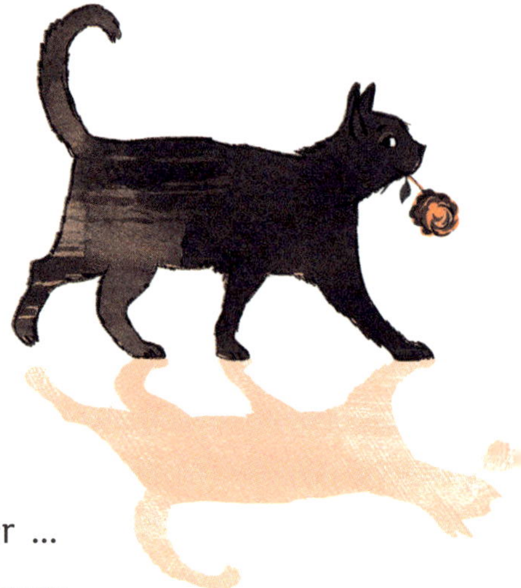

„Was war das denn? Gibt es hier also doch noch mehr Schlossbewohner als uns drei?“, fragte Becky in Lottis Richtung.

„Hilfst du mir endlich?“, unterbrach Professor Librum Beckys Überlegungen. Er wuchtete gerade die beiden Koffer in die Eingangshalle.

„Ich dachte, du wolltest die Küche suchen?“, fragte Becky.

„Stimmt. Aber dann ist mir eingefallen, dass es mittlerweile schon dunkel ist und ich schnell noch die Koffer holen sollte. Ich weiß übrigens, dass allein hier im Erdgeschoss über zwanzig Räume sind. Das hat mir meine Sekretärin geschrieben. Sie kennt das Schloss wohl von früher. Zwanzig Zimmer, oje. Und eins davon wird die Küche sein. Die müssen wir jetzt dringend finden, ich sterbe nämlich vor Hunger."

„Du, Papa, hast du vorhin eine rote Rose ...", fing Becky an. Doch Professor Librum war schon in einem dunklen Gang verschwunden.

„Okay", meinte Becky, „das kann ich auch später noch fragen. Jetzt brauchen wir erst mal einen Wasserhahn und eine kleine Schüssel für dich, Lotti. Du hast bestimmt mächtig Durst."

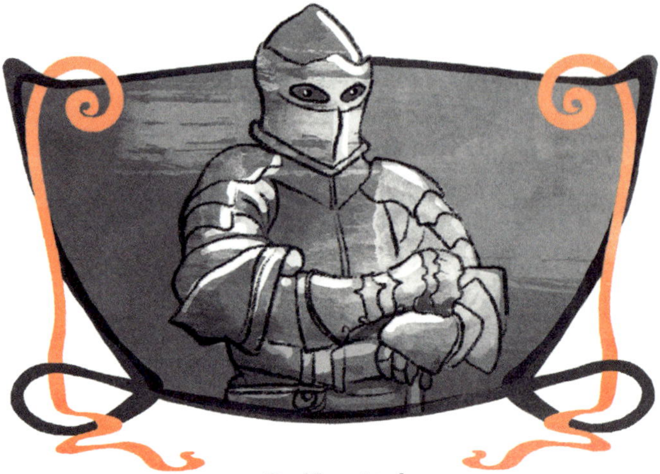

3. Kapitel

Staubwolken und Hohlköpfe

Eine Weile stromerte Becky mit Lotti auf der Schulter durch die Gänge. Sie öffnete die Türen zu einem Klavierzimmer, einem riesigen Bad und einem Schrankzimmer voller Reit- und Gummistiefel. Außerdem entdeckte sie eine Waschküche und eine leere Vorratskammer. Und endlich ...

„Hab sie! Volltreffer! Papa, komm hierher!“

Ehrfürchtig trat Becky in die Küche. Allerdings war es

keine normale Küche, sondern eher eine Art Rittersaal. Neben dem mächtigen Herd stand eine mannshohe, ziemlich verstaubte Rüstung. Das Visier war geschlossen. Mit beiden Händen umfasste der Ritter ein Schwert, dessen Spitze nach oben zeigte. Becky war sich hundertprozentig sicher, dass es haargenau die gleiche Rüstung war, die vorhin noch in der Eingangshalle gestanden hatte. Gab es sie etwa zweimal?

Sie holte tief Luft, baute sich direkt vor dem Blechritter auf und klopfte beherzt auf seine Brustplatte.

„Klingt nach ziemlichem Hohlkopf", stellte sie belustigt fest.

Das Streifenhörnchen hatte die Spüle entdeckt und wartete ungeduldig, dass Becky ihr eine Schüssel aus dem altmodischen Wasserhahn füllte. Wie gut, dass eine Schale in Griffweite stand. Becky drehte der Rüstung den Rücken zu, ließ kaltes Wasser einlaufen und stellte Lotti die Schüssel vor das bebende Schnäuzchen.

So bekam sie nicht mit, dass Ferdinand flüsterte: „Öch, ein Hohlkopf? Frechheit!" Dabei ließ er das Visier auf geheimnisvolle Weise aufschnappen und betrachtete Becky.

Und während Lotti das ganze Wasser austrank, sah sich Becky in der Küche um. „Oh, was ist das denn?“ Sie hatte einen großen Korb entdeckt, der auf dem Tisch stand. Offensichtlich prall gefüllt mit Lebensmitteln. Hungrig beschnupperte Lotti eine einzelne Weintraube, die obenauf lag. Trauben waren die erklärte Lieblingsspeise des Streifenhörnchens. Genüsslich nahm das plüschige Tier die Frucht zwischen die Pfoten und biss kräftig hinein. Kurz darauf drang lautes Schmatzen durch die Küche.

„Na, du bist ja erst mal versorgt, Lotti. Mal sehen, was es für Papa und mich gibt.“ Becky untersuchte den Inhalt

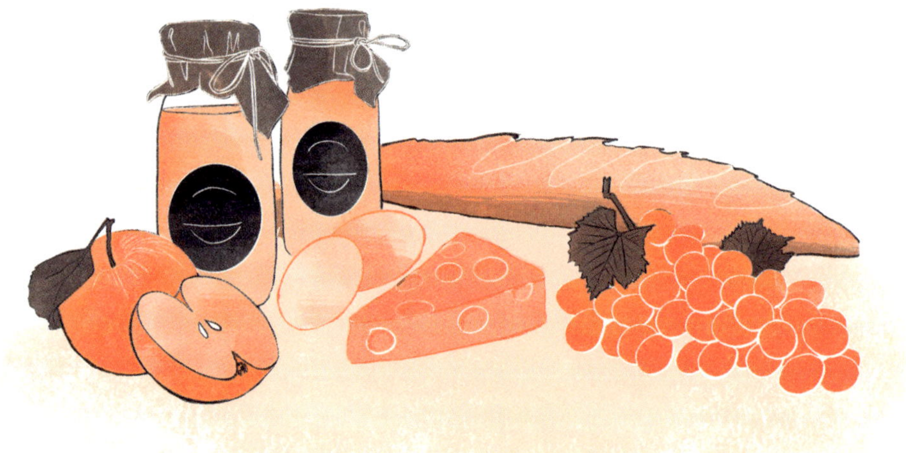

des Korbs. Auch ihr Magen knurrte inzwischen. „Wurst, Käse und Speck." Sie legte die Lebensmittel auf die Tischplatte. „Noch mehr Trauben, Eier, Brot, Butter, ein paar Äpfel und eine Flasche Milch. Alles, was wir brauchen. Zumindest fürs Erste. Ach, und hier ist ja auch eine Nachricht." Gespannt drehte Becky die Karte um und las: „Fühlen Sie sich im Schloss Rosenbolt wie zu Hause. Ihre Sekretärin Beatrice Schnabel." Becky lächelte. „Wie nett. Ein Willkommensgruß von Papas Universität. Dann lege ich mal los mit Kochen."

Hastig durchwühlte sie einen Schrank nach dem anderen, klapperte mit Tellern und Töpfen. Auch hier war es ziemlich staubig, Spinnen hatten ihre Netze zwischen die Töpfe geklöppelt. Nachdem Becky ihren Kopf in ein breites Regal gesteckt hatte, hingen feine Spinnfäden in ihren Haaren. Aber das bemerkte sie gar nicht. Sie hatte gerade im hintersten Winkel eine Pfanne entdeckt und pustete den Staub heraus. Eine graue Wolke segelte auf die Ritterrüstung, die gleich neben dem Regal stand.

„Haaaat-schö-hö-hö", vernahm Becky ein Niesen hinter sich.

„Papa?“ Sie drehte sich ruckartig um.

Doch da war keiner. Kein Professor Librum, auch niemand sonst. Und Lotti hockte immer noch auf dem Tisch und knabberte inzwischen an einem Apfel. Allerdings … Becky biss sich auf die Unterlippe. Sie war sich beinahe hundertprozentig sicher, dass die Schwertspitze des Ritters vorhin nach oben, nicht nach unten gezeigt hatte. Aber das war unmöglich. Die Rüstung war komplett hohl, davon hatte sie sich vorhin überzeugt.

Becky schüttelte den Kopf. „Papa hat recht. Wenn man Hunger hat, versagt das Hirn.“

Und während Becky Butter und Speck in die Pfanne gab, ärgerte sich Ferdinand von Schwertfeger über sich selbst. Noch nie hatten ein paar kleine Staubflocken ihn so gekitzelt, dass es ihn überall juckte. Beinahe kam er sich schon vor wie die immerzu niesende Gräfin von Spisenat.

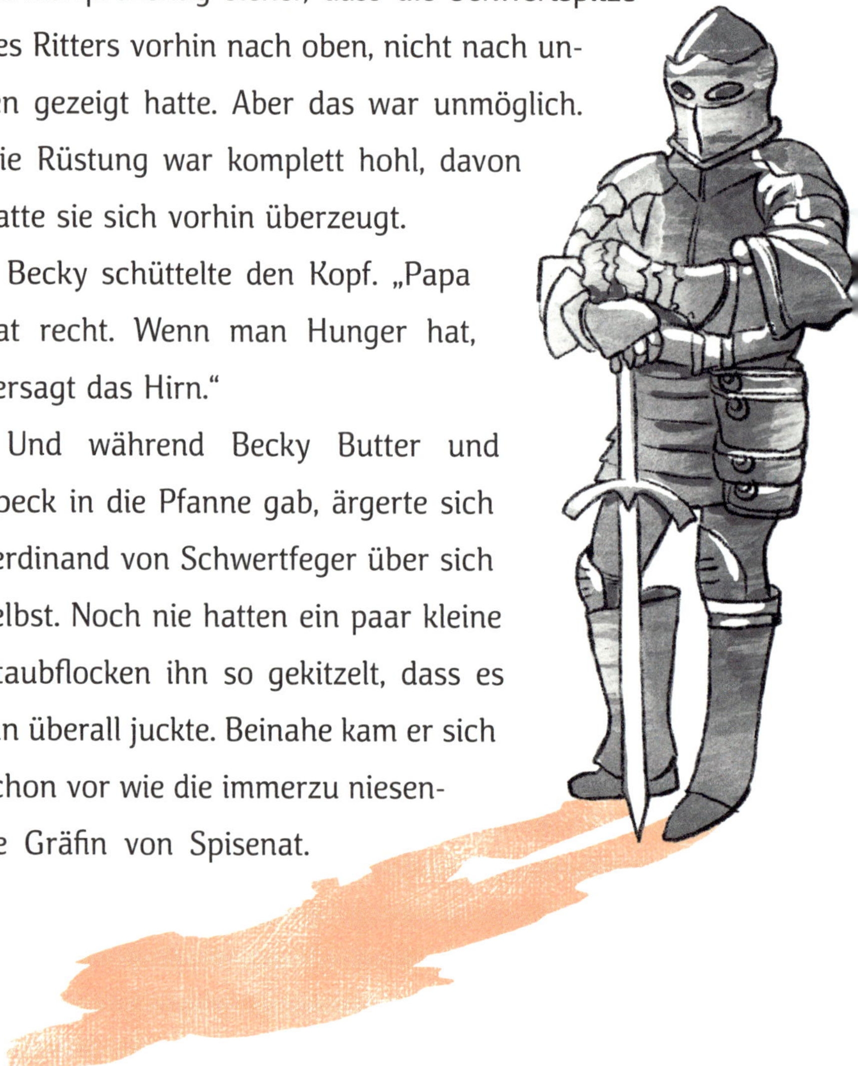

Am liebsten hätte er sich ausgiebig gekratzt. Aber das ging natürlich nicht. Und dann war ihm dieser dämliche Nieser entflutscht. Verflixt und zugenäht! Er musste unbedingt vorsichtiger sein, sonst würde er alles in Gefahr bringen. Alles, worauf er und seine Freunde schon so lange hofften ...

Das Fett in der Pfanne zischte so laut, dass Becky das leise Seufzen nicht hören konnte, das aus der Ritterrüstung drang. Ein paar Minuten später durchzog ein kräftiger Duft die Küche.

„Mahlzeit!" Professor Librum war zurück und begann, den Tisch zu decken. Aus dem Wasserhahn füllte er einen Krug. „Ich glaube, hier kann ich mich wohlfühlen. Und du, Becky?"

„Ich auch, Papa", sagte Becky.

Es war wirklich gemütlich hier. Auf dem Tisch lag ein helles Leinentuch, darunter ein wollweicher Teppich. Lotti flitzte von einer Ecke in die andere, huschte unter Regale, sprang auf Fensterbänke oder den Tisch. Lachend beobachteten Professor Librum und Becky das aufgedrehte Streifenhörnchen.

„Lotti gefällt es auch." Becky sah zum großen Fenster hinaus. „Es ist ziemlich dunkel geworden."

Tatsächlich drang inzwischen von draußen kaum mehr Helligkeit herein. „Wo sind eigentlich die Lichtschalter?"

„Gute Frage." Der Professor wollte gerade aufstehen, um sich auf die Suche zu begeben, da flackerte es ein-, zwei-, dreimal auf. Wie von selbst entzündete sich der große Leuchter über dem Tisch. Und nicht nur das! Auch im Flur flammten alle Lampen entlang des Korridors auf.

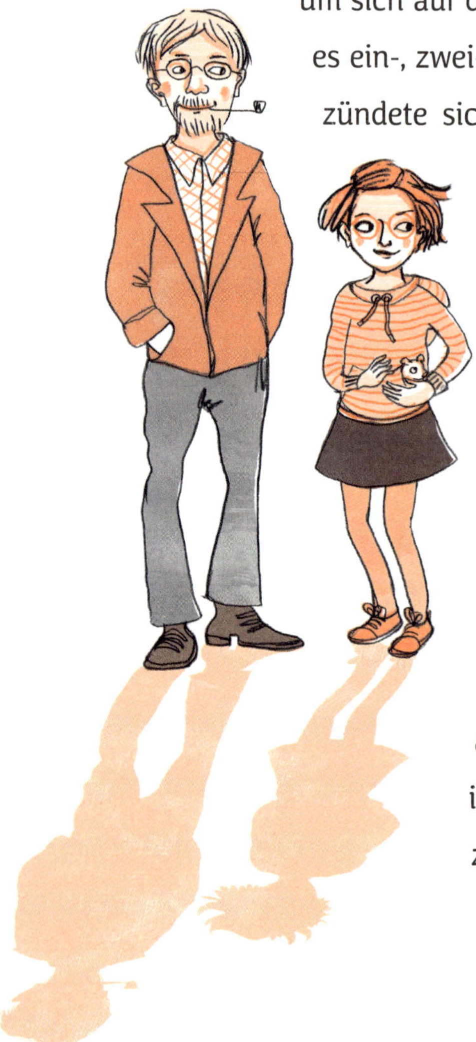

„Fiat lux – es werde Licht! Sicher reagiert die Technik auf den Grad der Helligkeit", stellte der Professor fest. „Sehr modern."

Typisch! Beckys Vater konnte einfach nichts erschüttern oder aus der Ruhe bringen. Auch bei ihr selbst war das so. Meistens zumindest.

„Jetzt kann ich endlich alles sehen, was ich auf meinem Teller habe“, meinte sie kichernd.

In Windeseile hatten beide ihre Portion verdrückt, Lotti bekam noch einen zweiten Apfel und noch etwas Wasser.

Becky gähnte. „Sollen wir uns mal auf die Suche nach unseren Betten machen?“

„Unbedingt“, meinte der Professor. „Wir müssen morgen früh aus den Federn, denn der Umzugswagen mit unseren Sachen wird eintreffen. Außerdem kommt unsere neue Haushälterin.“

„Schon?“ Becky stöhnte. „Ich dachte, ich hätte noch ein paar Tage allein mit dir.“

„Tut mir leid, meine Kleine.“ Professor Librum zuckte mit den Schultern. „Ich habe sie gleich für morgen bestellt, weil ich dringend zur Uni muss. Und du sollst nicht mit den Möbelpackern allein sein und dich um alles kümmern müssen.“

Liebevoll strich Becky über die Hand ihres Vaters. „Aber ich sorge gern für uns.“

„Ich weiß, Becky. Allerdings ist das hier keine kleine Wohnung, sondern ein Schloss. Die oberen Stockwerke darfst du übrigens nicht betreten, sie sind wohl ziemlich baufällig. Aber das ganze Erdgeschoss gehört uns."

„Na ja, nicht ganz. Die Haushälterin soll doch auch hier wohnen", stellte Becky richtig. „Wie heißt sie denn?"

Professor Librum nestelte an seinem alten Lieblingspullover herum. „Molly Braun, und sie kommt übrigens nicht allein. Sie bringt ihren kleinen Sohn mit."

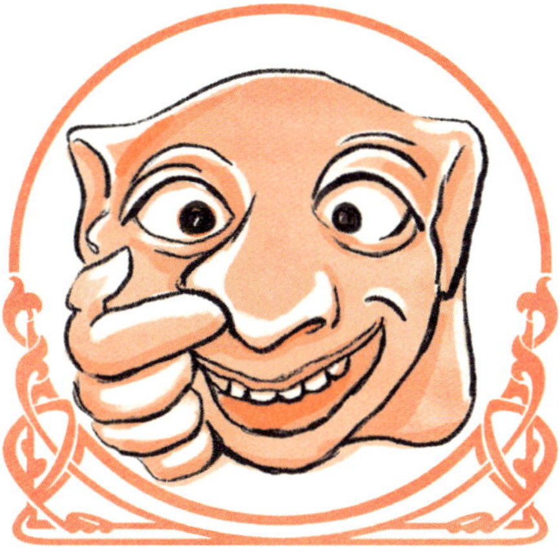

4. Kapitel

Monsterfratzen und Katzenjammer

Wer die Wahl hat, hat die Qual. Nachdem Becky und ihr Papa einen Blick in mehrere der vielen Schlafzimmer geworfen hatten, entschied Becky sich für ein großes Eckzimmer mit einladendem Himmelbett und einem gemütlichen Lesesessel vor einem der hohen Fenster. Das Bett war frisch bezogen, als hätte jemand geahnt, dass sie gerade dieses Zimmer wählen würde.

Eigentlich war sie hundemüde, aber dann räumte sie doch noch ihren farbigen Koffer aus. Immerhin war darin auch der Kulturbeutel mit Zahnbürste und Zahnpasta vergraben. Ebenso wie ihr gestreifter Lieblingsschlafanzug, den sie unbedingt in der ersten Nacht im neuen Zuhause tragen wollte. Ihr Papa hatte ihr noch einen

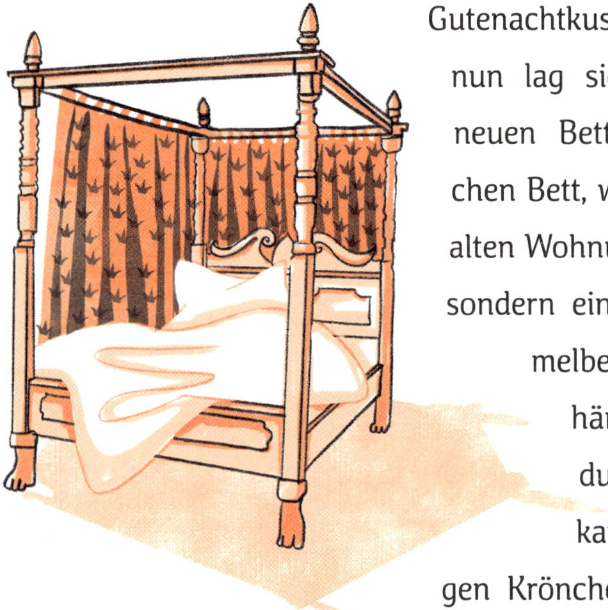

Gutenachtkuss gegeben, und nun lag sie also in ihrem neuen Bett. Keinem einfachen Bett, wie sie es in ihrer alten Wohnung gehabt hatte, sondern einem echten Himmelbett! Es hatte Vorhänge aus dickem dunkelblauem Brokatstoff mit winzigen Krönchen darauf. Wenn Becky sie zuzog, wurde ein richtiges Versteck daraus. Von hier aus konnte sie durch das Fenster mit den duftigen, weißen Gardinen nach draußen in den Schlosspark schauen. Klappläden oder einen Rollladen gab es nicht.

Aber das störte Becky nicht weiter, im Gegenteil. Der Blick aus dem Fenster in den dunklen, stillen Garten und auf das Sternenmeer am Himmel begeisterte sie. Der Mond leuchtete als beinahe kreisrunde Scheibe und schickte sein mattes, goldenes Licht ins Zimmer. Becky sah sich zufrieden um. Hier gab es alles, was sie brauchte. Einen schmalen Schreibtisch mit Stuhl, einen Schrank, einen sonnenförmigen goldenen Spiegel und den breiten Ohrensessel. Weich und bequem. Becky hatte Lottis Käfig direkt danebengestellt. Aber kaum stand die Tür offen, sauste Lotti heraus und sprang mit einem Satz auf den Sessel. Es sah so aus, als sollte die gemütliche Sitzgelegenheit ab sofort ihr Stammplatz werden. Zusammengerollt wie eine Katze lag Lotti auf dem flauschigen Polster.

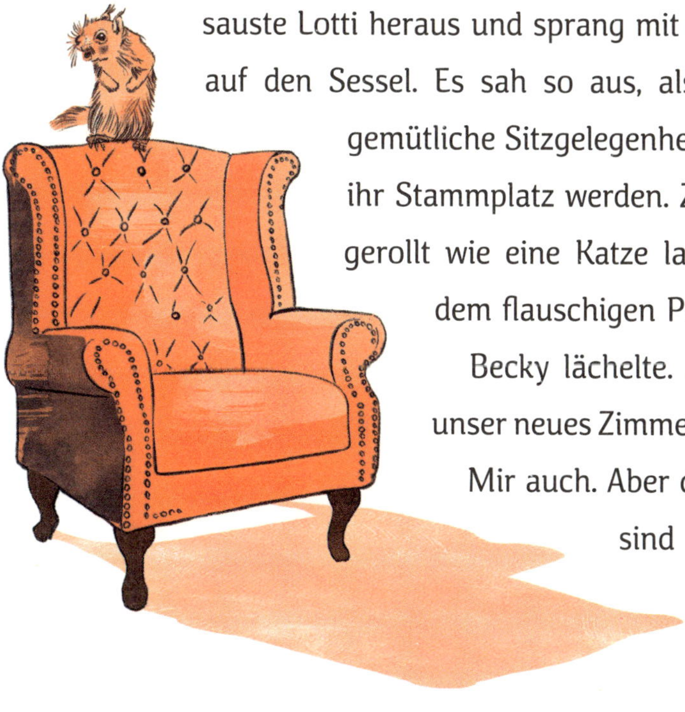

Becky lächelte. „Dir gefällt unser neues Zimmer, stimmt's? Mir auch. Aber die da oben sind schon ein bisschen seltsam." Becky deutete auf die Wand. Auch hier klebten, wie am Eingang des Schlosses, zwei Steinfiguren. Direkt gegenüber von Beckys Kopfkissen. Jeweils rechts und links vom Fenster. Eine sah aus wie eine Monsterfratze. Ein Kopf ohne Körper, nur mit zwei Händen. Das Wesen

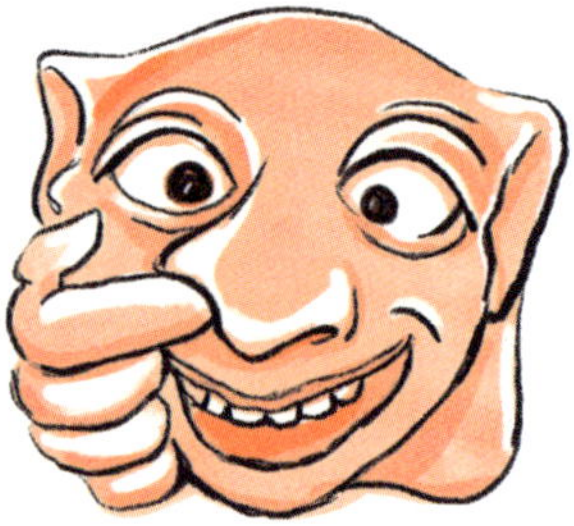

hatte riesige Kulleraugen, eine kräftige, knubbelige Nase und einen breiten Mund. Hingebungsvoll popelte es mit dem Zeigefinger in seinem großen Nasenloch.

„Igitt, du alter Popelmann", schimpfte Becky. „So was macht man doch nicht."

Die andere Figur war ein Drache. Er trug zwei gedrehte Hörnchen auf dem Kopf. Seine Augen schienen fröhlich zu blitzen, sein Maul war leicht geöffnet, und die Flügel waren so gespreizt, als würde er im nächsten Moment losfliegen.

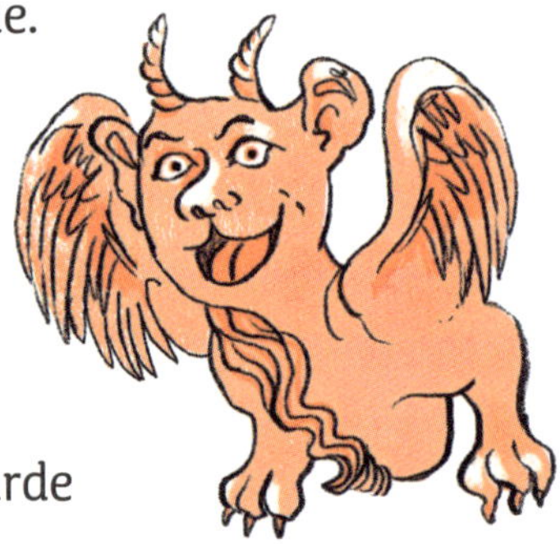

„Kann es sein, dass ich diesen Drachen schon mal gesehen habe?", murmelte Becky. Nachdenklich kaute sie auf ihrer Unterlippe. „Na klar, im Wappen über der Eingangstür.“ Und als würde Lotti ihr antworten können, wandte sich Becky dem Streifenhörnchen zu. „Hast du ihn draußen auch entdeckt, Lotti? Da war er allerdings grün und nicht aus Stein. Und trotzdem habe ich bei der Figur hier drinnen das Gefühl ... als würde sie uns beobachten. Genau wie der Popelmann!“ Sie legte den Kopf schief und kniff die Augen zusammen. „Aber das ist natürlich völliger Quatsch.“

Gähnend zog Becky die Gardinen bis auf einen Spalt zu, durch den sie den Mond sehen konnte. Doch während Lotti auf ihrem Sessel sofort einschlief, lag Becky die halbe Nacht wach und horchte in die noch fremde Umgebung. In der Stadt war es immer laut gewesen. Autolärm, Hupen, Geschrei, Polizeisirenen. Nichts dergleichen war hier zu hören.

Die Geräusche waren ... anders. Geheimnisvoll. Magisch. Und ein kleines bisschen unheimlich.

Von draußen drangen das Klappen von Türen, Schritte im Gang, gedämpftes Flüstern ins Zimmer. Mehrfach spitzte Becky die Ohren, weil sie glaubte, Stimmen zu hören. Aber außer ihr und ihrem Vater war doch keiner im Schloss? Oder gab es hier etwa ... Gespenster? Becky verbot sich den Gedanken. Von ihrem Vater hatte sie gelernt, dass die meisten geisterhaften Dinge eine logische Erklärung hatten. Und dass es weder Gespenster noch Monster oder Ähnliches gab.

„Schläfst du schon, Lotti?“, wisperte Becky in die Dunkelheit.

Normalerweise wäre Lotti jetzt zu ihr ins Bett gesprungen und hätte sich an ihre Wange gekuschelt. Aber das Streifenhörnchen schlummerte tief und fest. Wahrscheinlich hatte die lange Reise Lotti ziemlich mitgenommen.

Becky dagegen lag weiter wach und lauschte. War da nicht gerade ein Wispern und Raunen zu hören? Dieses Mal schienen die Geräusche direkt aus ihrem Zimmer zu kommen. Sie sah zu den Steinfiguren an der Wand. Ob sie vielleicht ...?

Doch als Becky die Bettdecke zur Seite schob und den Schreibtischstuhl heranrückte, um den Drachen und den Popelmann genauer zu betrachten, war da nichts. Keine Regung, kein Laut. Becky tapste wieder ins Bett.

„Einbildung“, murmelte sie schläfrig, „alles nur Einbildung.“

In diesem Moment drang aus den oberen Stockwerken ein Schaben, Poltern, metallisches Klirren. Becky fuhr hoch und blickte zu Lotti. Das Streifenhörnchen zuckte noch nicht einmal mit dem buschigen Schwanz. Nichts schien Lotti aus der Ruhe bringen zu können.

„Jetzt wird es mir aber zu blöd!“, knurrte Becky. „Ich höre gar nicht mehr hin. Ich will endlich schlafen!“

Genervt drückte sie sich das Kopfkissen auf die Ohren. So gelang es ihr schließlich einzuschlafen.

Mitten in der Nacht jedoch wurde sie von einem eisigen Windhauch geweckt. Und gerade als sie die Decke fester um ihren Körper und fast bis zum Kinn zog, hörte Becky, wie die Zimmertür quietschend aufschwang und einen Spaltbreit geöffnet blieb. Ein langer, dunkler Schatten huschte in den Raum. Becky hielt den Atem an. Kurz überlegte sie, was sie tun sollte. Aber dann siegte die Neugier über ihre Angst. Mit einem Ruck pfefferte Becky das Kopfkissen aus dem Bett, schlug die Decke zur Seite und sprang auf die kalten Fliesen. Gleichzeitig war ein dunkles Zischen zu hören, und etwas wirbelte eilig aus dem Zimmer. Von den Geräuschen war auch Lotti wach geworden. Blitzschnell hüpfte das Streifenhörnchen von seinem Schlafplatz und raste noch vor Becky in den matt beleuchteten Flur.

„Lotti!“, rief Becky ihr mit gedämpfter Stimme hinterher. Aber das Streifenhörnchen war in der Dunkelheit am Endes des langen Ganges verschwunden. Stattdessen erspähte Becky plötzlich einen schwarzen Schatten, der hinter einer Säule hervorlugte. Zwei rot glühende Augen starrten ihr entgegen.

Gab es also doch Gespenster im Schloss?

Becky schnellte wie eine Feder nach vorn ... und konnte gerade noch beobachten, wie eine dicke Katze einmal um eine Säule herumschlich und dann ebenfalls in dem Gang verschwand, der schon Lotti verschluckt hatte.

Becky überlegte, ob sie hinterherlaufen sollte. Aber ... es war doch nur diese Katze. Viel wichtiger war: Wo steckte Lotti? Sollte sie sie suchen gehen?

Unruhig trippelte Becky hin und her. Wenn sie jetzt auch loslief, wäre in dieser Nacht an Schlaf nicht mehr zu denken, so groß wie das Schloss war. Einfach in ihr Zimmer zurückgehen, sicherheitshalber die Tür schließen und wieder ins Bett steigen konnte sie aber auch nicht. Dann hätte sie Lotti ausgesperrt. Am besten wäre es wohl, wenn sie einfach hier wartete, bis das Streifenhörnchen zurückkehrte.

An den Türpfosten gelehnt, hockte Becky sich auf den kühlen Fußboden, schlug die Arme um die Knie und … schlief ein.

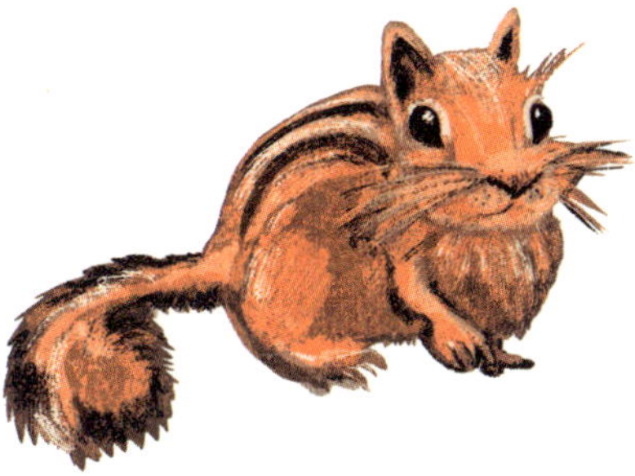

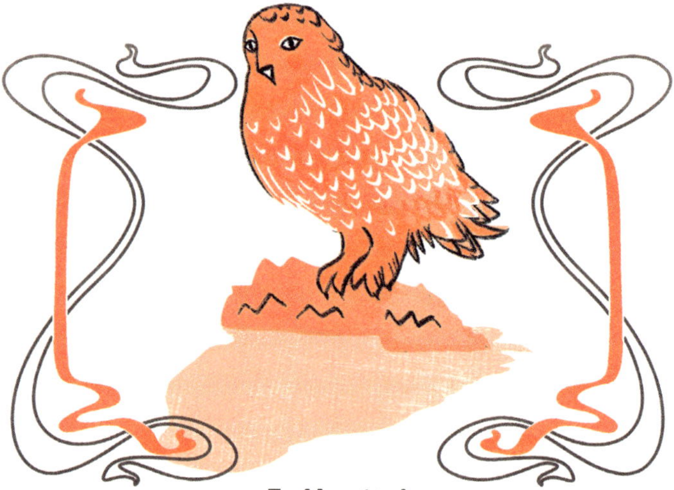

5. Kapitel

Pennbacken und Detektive

Als Becky am nächsten Morgen erwachte, lag sie gut zugedeckt in ihrem breiten Himmelbett. Lotti schlief eingerollt auf dem Sessel. Aber ... wie konnte das sein? Hatte sie nicht im Flur auf Lotti gewartet? Oder hatte sie die merkwürdigen Geschehnisse der Nacht nur geträumt?

„Träume sind Schäume, sagt Papa immer", murmelte sie, räkelte und streckte sich. Sie fühlte sich so wohl wie schon lange nicht mehr. „Ich habe wunderbar geschlafen. Aber ziemlich verrückte Sachen geträumt“, erklärte sie ihrem Streifenhörnchen, dessen Augen noch geschlossen waren. „Wach auf, du Pennbacke. Es ist einfach herrlich im Schloss. Und wie gut es hier riecht!“

Unter dem Türspalt kroch der Duft von frisch gebackenem Kuchen ins Zimmer. Kuchen!? Becky stutzte. Ihr Vater konnte doch gar nicht backen!

In Windeseile hüpfte sie ins kleine Bad, das ans Zimmer angrenzte. Einmal Katzenwäsche, mehr nicht. Becky schlüpfte in ihre Kleidung, schnappte sich das schläfrige Streifenhörnchen vom Sessel und steckte die protestierende Lotti einfach in die Tasche ihres Kapuzenpullis. Kaum hatte sie ihr Zimmer verlassen, beobachtete sie, wie ein Tier blitzschnell hinter einer Säule verschwand. Schon wieder diese nachtschwarze Schlosskatze! Also hatte sie doch nicht geträumt. Seltsam. Na warte, dachte Becky, dich kriege ich noch. Aber nicht jetzt. Denn jetzt wollte sie nur eins: frühstücken!

Pfeifend marschierte Becky zur Küche am anderen Ende des Flurs. Schon aus der Ferne hatte sie einen guten

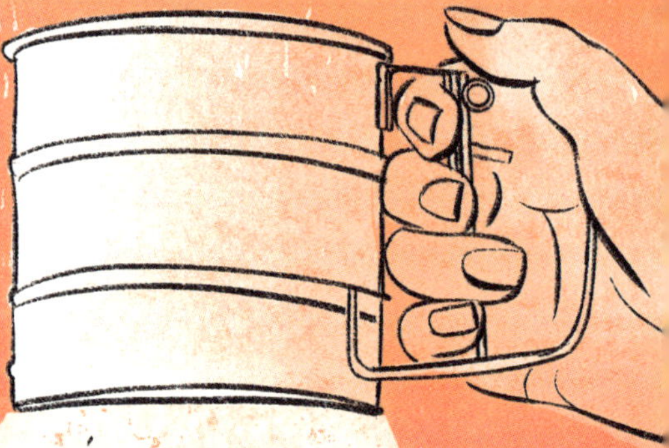

Blick auf den Esstisch. Eigentlich erwartete sie, dort ihren Vater zu sehen. Stattdessen beugte sich eine Frau mit verstrubbelten Haaren über einen Kuchen und bestäubte ihn mit Puderzucker. Es sah aus, als würde ein Schneegestöber durch die Küche fegen.

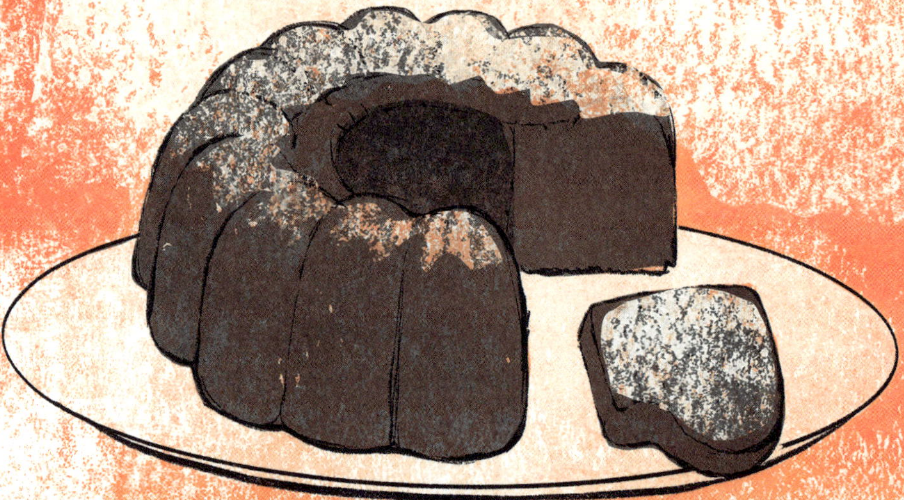

Als die Frau Becky bemerkte, legte sie das Zuckersieb zur Seite und rief ihr lächelnd entgegen: „Oh, du musst die Tochter von Professor Librum sein. Becky! Ich freue mich sehr, dich kennenzulernen. Mein Sohn und ich haben heute schon mit deinem Vater gefrühstückt. Er musste früh los. Du kannst Molly zu mir sagen. Ich bin die ...“

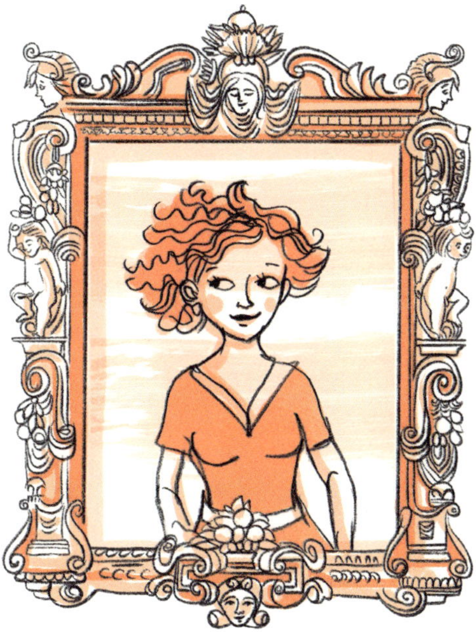

Weiter kam sie nicht. Wie eine Rakete schoss ein Hund über den langen Flur. Auf seinen kurzen Beinen flitzte er genau auf Becky zu. Ihr stockte der Atem. Normalerweise liebte sie alle Tiere, vor allem die kleinen. Aber dieser Hund versuchte kläffend, an ihr hochzuspringen. Offensichtlich hatte er es auf ihren Pullover abgesehen. Und darin hockte Lotti!

„Sssssch, weg da!“ Becky fuchtelte wild mit den Armen.

Das verstand der Hund wohl als Aufforderung zum Spielen. Bellend tanzte er um ihre Beine herum.

„Hugo, kümmere dich doch mal um deinen Hund“, rief Molly aus der Küche. „Ich kann nicht, sonst fällt mein Auflauf im Ofen zusammen.“

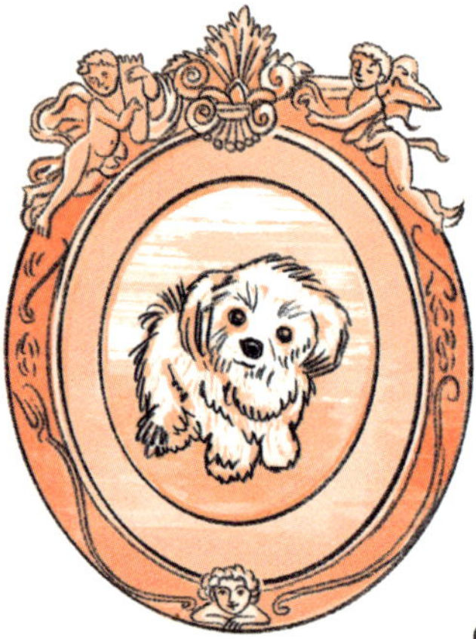

„Watson! Lass das!“, hörte Becky da eine Stimme. Eindeutig eine männliche Stimme.

„Was machst du denn, du dummer Kerl? Platz, Watson!“

Der Name des Hundes gefiel Becky. Schließlich war Doktor Watson der Gehilfe des berühmten Detektivs Sherlock Holmes. Aber trotzdem passte es ihr überhaupt nicht, dass dieser Hund sie anbellte und nach Lotti schnappte. Und wer war dieser Junge überhaupt?

„Was machst du hier?“, blaffte Becky ihn an. „Und wieso lässt du deinen Hund frei herumrennen? Noch dazu, wo er gemeingefährlich ist.“

Zu Beckys Erstaunen hatte sich Watson nach der Aufforderung des Jungen umgehend auf dem Boden ausgestreckt und sah sie nun mit schief gelegtem Kopf treuherzig an. Betont langsam kam der Junge zur Küchentür hereingeschlendert. Was für eine Frechheit, wieso führte er sich auf, als würde ihm das Schloss gehören? Becky fixierte ihn aus zusammengekniffenen Augen. Der Junge war groß, schlank, sah sportlich aus und hatte braune Haare, die er sich lässig aus dem Gesicht strich. In der Hand trug er ein dickes Buch. Dem Umschlag nach irgend so ein Krimi-Schmöker. Becky grinste spöttisch. Ein Junge, der solche Bücher las, konnte ja nur ein totaler Langweiler sein.

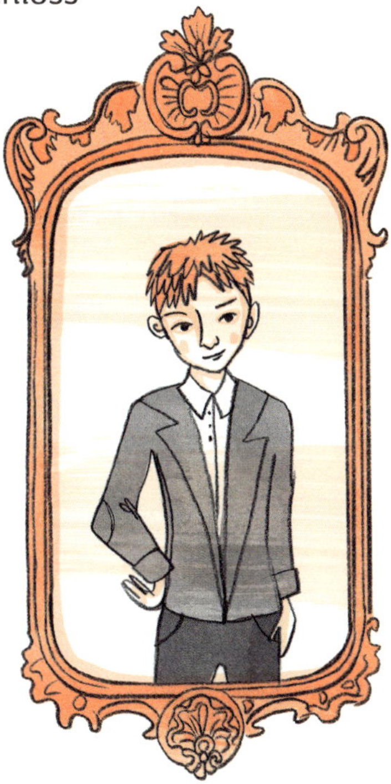

„Tut mir leid, ich war so vertieft in meine Geschichte … ich habe gar nicht auf meinen Hund geachtet“, erwiderte der Junge entschuldigend. „Watson, was für eine blöde Begrüßung.“

Becky verschränkte die Arme. „Allerdings", meinte sie schnippisch.

„Normalerweise springt Watson nicht an Menschen hoch", erklärte der Junge. „Da muss schon was Interessantes in deinem Pullover stecken. Sind da vielleicht Würste drin?"

Unwillkürlich musste Becky lachen. „So ähnlich."

„Echt?" Der Junge klemmte sich das Buch unter den Arm und nickte ihr zu. „Du bist Becky, die Tochter vom Professor, stimmt's? Ich bin Hugo, meine Mutter ist die neue Haushälterin."

Becky musterte ihn neugierig. „Oh, dann bist du also der ‚kleine Junge', den mein Vater erwähnt hat."

Hugo lachte. „Typisch Mum. Sie hat wohl gedacht, dass sie die Stelle mit einem ‚großen Jungen' nicht kriegt."

„Das heißt ... du wohnst ab jetzt also auch hier im Schloss", schlussfolgerte Becky.

„Allerdings. Und es ist so cool hier! Als wir heute Nacht ..."

„Heute Nacht?" Becky hob die Augenbrauen.

„Wir sind superspät hier angekommen. Mum wollte eigentlich im nächsten Ort in einem Gasthof übernachten. Aber der hatte schon zu. Oder die Besitzer haben unser Klingeln nicht gehört", erklärte Hugo. „Auf jeden Fall waren wir dann kurz vor Mitternacht hier. Und wir hatten ein Wahnsinnsglück, dass dein Vater noch wach war und uns reingelassen hat. Netter Typ!" Hugo hob den gestreckten Daumen.

Becky dachte kurz nach. Das also waren die Geräusche gewesen, die sie in der Nacht gehört hatte. Logisch!

Sie freute sich, dass Hugo ihren Vater mochte. Aber von so ein paar Nettigkeiten wollte sie sich nicht einwickeln lassen.

„Ich habe mich gleich nach dem Frühstück schon mal ein bisschen hier umgesehen. Aber weit bin ich noch nicht gekommen. Was hältst du davon, wenn wir später zusammen das Schloss erkunden?" Hugo sah Becky auffordernd an.

„Mmmh. Weiß noch nicht, mal sehen", wich Becky einer Antwort aus.

„Okay", sagte er knapp. „Sag Bescheid, wenn du magst. Wie alt bist du eigentlich?"

„Neuneinhalb."

„Cool. Und ich bin zehn." Hugo kniete sich auf den Boden und streichelte Watson ausgiebig. „In den letzten Haushalten, in denen meine Mutter gearbeitet hat, war ich immer entweder der Jüngste oder es gab gar keine Kinder. Das war so langweilig. Aber wenigstens hatte ich immer meine Bücher. Und Mum, die mir vorgelesen hat."

Becky biss sich auf die Unterlippe. So eine Mama hatte sie auch gehabt ...

Hugo sah Becky an, dass irgendwas an seiner Bemerkung sie traurig gemacht hatte. Deshalb plapperte er schnell weiter. „Meine Mum ist gar keine richtige Haushälterin. Also ... irgendwie natürlich schon. Aber eigentlich will sie Lehrerin werden. Wegen mir hat sie ihr Studium unterbrochen. Doch sie hofft, dass sie vielleicht hier an der Uni, an der auch dein Vater ist, wieder loslegen kann."

Neugierig, wie sie war, hatte Lotti inzwischen ihren Kopf aus dem Pullover gesteckt. Dabei lehnte sich das Streifenhörnchen ziemlich weit aus seinem Versteck. Gleichzeitig kitzelte ein Fussel von ihrem Pullover Becky so in der Nase, dass sie niesen musste, sich dabei heftig schüttelte und … Lotti unsanft aus der Pullovertasche katapultiert wurde.

Direkt vor Watsons Pfoten.

Der öffnete flink sein Maul und fletschte die Zähne. Und bevor Becky oder Hugo eingreifen konnten, hatte er Lotti im Genick gepackt und sauste mit ihr um Hugos Beine herum.

„Mach doch was, Hugo! Dein Hund frisst mein Streifenhörnchen. Hiiiiiilfe!"

Becky sah, wie Lotti sich steif machte. Da half kein Zappeln und kein Zischen. Das Streifenhörnchen klemmte zwischen Watsons Zähnen wie ein Würstchen zwischen zwei Brötchenhälften.

„Lotti!", krächzte Becky und versuchte, irgendwie an Watsons Maul zu kommen und Lotti zu befreien, bevor der Hund das Streifenhörnchen auffuttern konnte.

Doch Watson dachte gar nicht daran, Lotti auch nur ein Haar zu krümmen. Vorsichtig trippelte er zu Becky, legte die Vorderpfoten auf ihre Beine und hielt ihr die reglose Lotti entgegen. Becky stöhnte erleichtert auf. Sie fischte das Streifenhörnchen aus Watsons Maul und streichelte Lotti hingebungsvoll. Das Herz des Streifenhörnchens pochte wie eine Trommel.

„Watson wollte dir dein Haustier nur zurückgeben. Er ist ein echter Gentleman", sagte Hugo stolz. „Oder hast du was anderes erwartet?"

Becky hüstelte. „Ich muss sagen, dass es erst überhaupt nicht nach Zurückgeben ausgesehen hat. Eher nach Auffressen."

„Unsinn, so was macht Watson nicht", sagte Hugo gekränkt. Er beugte sich zu seinem Hund, um ihn zur Belohnung zu kraulen. Dabei fiel ihm sein Buch aus der Hand.

Die hundert besten Detektivgeschichten, konnte Becky gerade noch entziffern, bevor Hugo nach dem Buch schnappte.

„Du liest was über Detektive?", fragte sie.

„Gerade fertig geworden. Was dagegen?" Hugo verschränkte die Arme.

„Äh ... natürlich ... ähm ... nicht. Aber ich meine ... also, du kannst ja machen, was du willst, und ... von mir aus auch lesen, was du willst", stammelte Becky. Inzwischen tat es ihr fast leid, dass sie so abweisend gewesen war. Denn ein Junge, der sich für Detektive interessierte, konnte nicht ganz doof sein. Aber wie sollte sie ihm das sagen?

„Hugo, Becky? Kommt ihr?", rief Hugos Mutter aus den Tiefen der großen Küche. „Der Kuchen ist fertig."

„Gleich, Mum!", rief Hugo und wollte schon losmarschieren.

Da hielt Becky ihn kurz an der Schulter fest. „Also ... wenn du später immer noch das Schloss ansehen willst ... Ich meine ... äh ... Verliese und Geheimnisse erkunden und so ..."

Hugo grinste breit. „Ich liiiiiiebe Geheimnisse. Abgemacht. Nach dem Frühstück ziehen wir los."

Schon ewig hatte Becky nicht mehr mit so großem Vergnügen gefrühstückt. Hugos Mutter hatte jede Menge selbst gemachte Sachen aufgetischt. Das Beste war der Schokoladenkuchen. Becky verputzte gleich zwei Stück, Hugo sogar drei. Und das, obwohl es schon sein zweites Frühstück war.

„Ich bin pappsatt." An Beckys Zähnen klebten Schokokrümel.

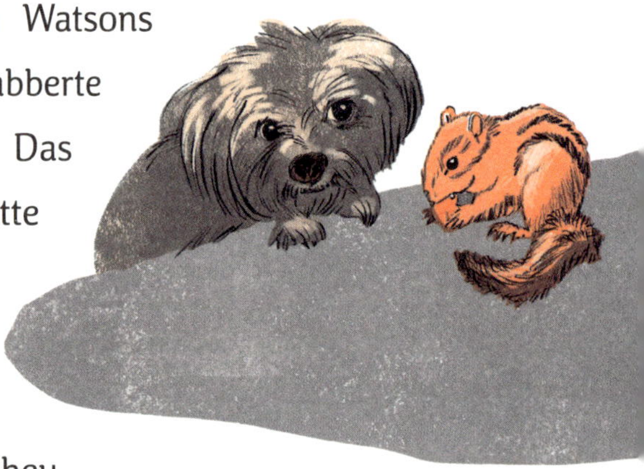

Lotti saß zwischen Watsons Vorderpfoten und knabberte eine Handvoll Nüsse. Das Streifenhörnchen hatte wohl nicht vergessen, wie sanft der Hund mit ihm umgegangen war. Jede Scheu war verschwunden. Die Tiere schienen sich nach dem ersten kleinen Missverständnis bestens zu verstehen.

„Dürfen wir uns jetzt im Schloss umsehen, Mum?", fragte Hugo.

„Klar. Gleich kommt der Möbelwagen mit euren Sachen, Becky. Die stellen wir erst einmal in einem leeren Zimmer unter, bis wir einen Platz für alles gefunden haben. Und heute Nachmittag muss ich zum Einkaufen in die Stadt." Molly beugte sich zu Becky. „Verrätst du mir das Lieblingsgericht deines Vaters? Ich würde ihn heute Abend gern damit überraschen."

Becky musste nicht lange überlegen. „Tomatensuppe! Wir nehmen immer die aus der Dose. Aber Papa sagt jedes Mal, dass die Suppe auch nicht mehr das ist, was sie mal war."

Ein Lächeln huschte über Hugos Gesicht. „Mum kocht die beste Tomatensuppe im ganzen Universum."

„Ist es denn in Ordnung, wenn ich euch später allein lasse?" Molly sah die beiden unsicher an.

„Kein Problem", antwortete Hugo.

Umso besser!, dachte Becky.

Sie freute sich auf die Erkundungstour. Und sie hatte das Gefühl, dass es hier mit Hugo und seiner Mutter schöner würde als allein mit ihrem Papa. Aber das würde sie natürlich nie, niemals laut sagen!

Im Verborgenen …

„Du hast mit ihr geredet, Genoveva. Das war so nicht abgesprochen!“ Die Schnurrhaare um Peppers Maul zitterten. Mit zuckendem Schwanz saß er vor dem Regal mit den Abenteuergeschichten. „Wir wollten uns alle zurückhalten, bis wir sie geprüft haben. Hast du das schon wieder vergessen?“

„Aber – aber … es war eine Frage der Ehre! Das Mädchen hat meinen Namen verunglimpft. Sie hat mich Käsefrau genannt. Mit Spinat! Am liebsten wäre ich aus dem Bilderrahmen gesprungen. Das war … einfach ungezogen!“ Genoveva Känuse, Gräfin von Spisenat, trippelte auf ihren zierlichen Pantöffelchen zwischen den Bücherregalen auf und ab. Ihr ausladendes Kleid raschelte bei jedem Schritt. „Außerdem war es nicht schlimm, sie hat mich ja gar nicht gehört.“

„Und was sollte das mit der Rose?“ Peppers Schwanz war pfeilgerade in die Höhe gerichtet. „Ich konnte sie gerade noch wegbringen.“

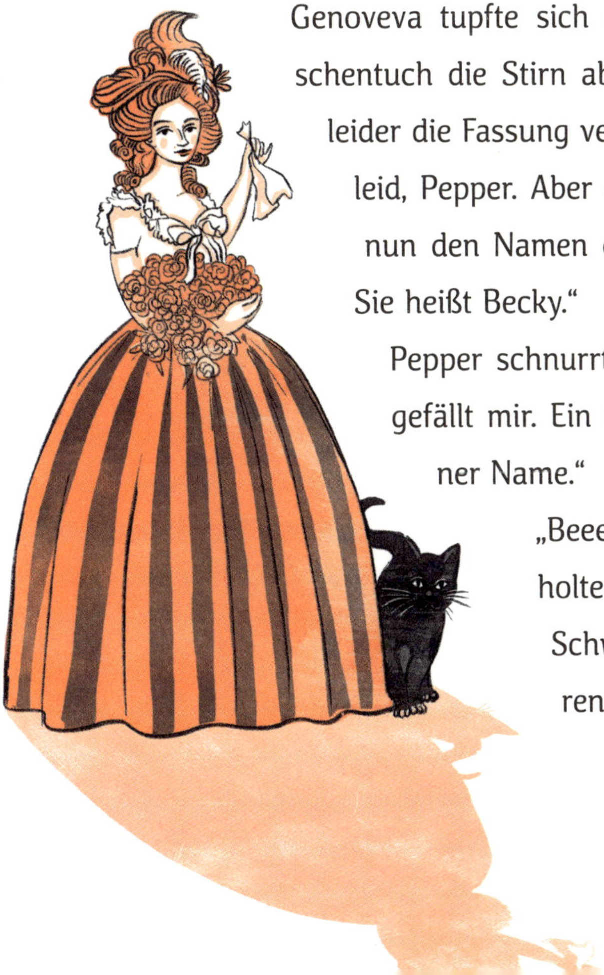

Genoveva tupfte sich mit einem Taschentuch die Stirn ab. „Ich ... hatte leider die Fassung verloren. Tut mir leid, Pepper. Aber dafür weiß ich nun den Namen des Mädchens. Sie heißt Becky.“

Pepper schnurrte. „Becky. Das gefällt mir. Ein maunzig schöner Name.“

„Beee-ck-y“, wiederholte Ferdinand von Schwertfeger, während er zwischen den Regalen mit den Märchenbüchern und den fantastischen Geschichten hervortrat. Komischerweise konnte er den Namen des Mädchens, wie auch sonst alle Eigennamen, völlig fehlerlos aussprechen. „'Tschuldögung, dass öch zu spät komme. Aber öch musste ..."

„Das kannst du später erzählen", brummte Pepper unwirsch. „Was ist jetzt mit dem Mädchen? Ist sie es?"

Ferdinand wiegte den Blechkopf hin und her. „Öch weiß nöcht, öch weiß nöcht. Also das, was öch da vorhön aufgeschnappt habe, öst zömlöch beunruhögend, denn ..."

„Papperlapapp! Natürlich ist Becky die Richtige. Ganz bestimmt." Genoveva holte tief Luft. „Sie sieht genauso aus wie unsere Olivia."

Pepper maunzte ein bisschen schwermütig. „Alte Spitzmaus, das habe ich heute Nacht auch festgestellt."

„Wie bitte?", flötete Genoveva. „Du bist doch nicht etwa in ihr Zimmer geschlichen?"

„Doch." Pepper putzte sich ausgiebig die Pfoten. „Vergiss nicht, ich darf das. Ich leite schließlich unsere ganze Mission. Also muss ich mich auch als Erster vergewissern. Aber ich habe mich äußerst korrekt verhalten und

Becky nicht angesprochen – so wie du! Ein bisschen mehr Zurückhaltung könnte nicht schaden, meine Liebe."

„Pah!" Beleidigt schob die Gräfin die Unterlippe vor. „Außerdem hat sich der da auch verplappert." Mit dem Zeigefinger deutete sie auf Ferdinand. „Und seinen Standort hat er auch gewechselt. Er ist dem Mädchen von der Eingangshalle bis in die Küche gefolgt. Jawohl! Hat er mir heute Nacht gestanden."

„Petze!", zischte die Ritterrüstung.

Pepper fauchte verärgert. „Ach du dicke Ratte. Ist das wahr, Ferdinand?"

Unruhig wechselte der Ritter vom einen Blechfuß auf den anderen. „Ähem. Also ... nun ja ... öch meine ..."

„Es stimmt also", knurrte der Kater. „Wenn dich der Professor erwischt hätte, wäre alles aus, das weißt du doch. Erwachsene dürfen nichts von unserer Anwesenheit erfahren. Gar nichts! Nur dieses eine Kind kann uns retten. Seit Jahren warten wir auf sie. Aber du kannst dich nicht beherrschen, bis wir wissen, ob sie wirklich die Richtige ist. Stattdessen stapfst du ihr auch noch hinterher. Ich fasse es nicht!"

Genoveva zog einen Fächer aus der Tasche und wedelte sich sachte Luft zu. „Nun sei doch nicht so streng, Katerchen. Wir sind alle ein bisschen ... nun ja ... durch den Wind. Es ist einfach zu aufregend! Ich kann es kaum erwarten, mit dem Mädchen zu sprechen. Ich bin sicher, dass sie die Richtige ist. Und wenn sie uns und die Bücher genauso liebt wie unsere Olivia damals, dann ... ach!"

„Aber genau das öst das Problem, öch habe nämlöch aufgeschnappt, dass ... ups!" Ein Scheppern verriet, dass Ferdinand mal wieder seinen Kopf verloren hatte. „Oh, Verzeihung. Öst mör sehr unangenehm, wörklöch."

„Beim Katzenfloh! Das ist zum Verrücktwerden mit euch beiden." Pepper seufzte tief. „Manchmal habe ich das Gefühl, ich bin in einem Irrenhaus. Reißt euch doch mal zusammen."

„Jawoll!" Ferdinand salutierte scheppernd.

„Selbstverständlich", flötete Genoveva.

„Also." Pepper schlug mit dem Schwanz auf den Boden. „Was ist euer erster Eindruck?"

„Sie verhält sich ausgesprochen reizend ihrem Vater

und dem Streifentier gegenüber." Genoveva spitzte den Mund. „Sie hat zwar meinen Namen völlig verunstaltet, aber dennoch ist sie ein bezauberndes Kind."

„Öch muss erst nachdenken." Ferdinand legte die Arme auf den Rücken, senkte den Kopf und schritt einen kleinen Kreis ab. Seine schweren Stiefel donnerten über den Parkettboden. „Und was machen wör möt dem Jungen, der heute Nacht angekommen öst?"

„Ein hübscher Kerl", flötete Genoveva. „Allerdings hat er einen Hund dabei. Ich weiß nicht, ob ich das gutheißen soll."

„Einen Hund? Speckige Spitzmaus, das habe ich ja gar nicht mitbekommen. Wahrscheinlich habe ich da gerade Becky in Augenschein genommen." Peppers Augen verengten sich zu schmalen Schlitzen. „Der Hund soll bloß wagen, hier aufzutauchen. Dann brate ich ihm eins über." Der Kater fuhr die Krallen aus und machte eine angriffslustige Bewegung mit den Pfoten.

„Meine Freunde ... es göbt etwas völ Schlömmeres als den Hund", murmelte Ferdinand betreten.

„Und das wäre?", zischte Pepper.

„Nun, das würde mich auch sehr interessieren“, flötete Genoveva. „Was hast du nur gegen das reizende Mädchen?“

„Auf meinem Weg hörher habe öch Becky und den Jungen ein bösschen belauscht und ...“ Ferdinand stockte.

„Und?“, flüsterte Genoveva.

„Ja, und?“, echote Pepper.

„Becky mag keine Bücher möt erfundenen Geschöchten.“ Ferdinands Rüstung quietschte. „Oh, öch sollte mal wöder ein Kännchen Öl trönken.“

„Sie mag ... Becky mag keine ... o weh!“ Genoveva musste sich an einem Bücherregal festhalten, um nicht in Ohnmacht zu fallen.

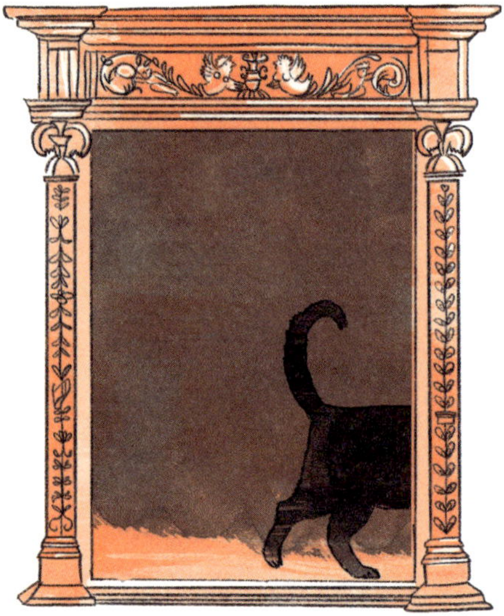

Peppers Schwanz stellte sich steil auf. „Das ... kann nicht sein“, maunzte er. „Verkatert und zugebissen, du musst dich verhört haben. Es wird höchste Zeit, dass die Bücher anfangen zu duften und kleine Botschaften aussenden. Becky muss so schnell wie möglich die Bibliothek entdecken. Und wir müssen mit ihr sprechen."

„Und möt dem Jungen", warf die Ritterrüstung ein.

„Ferdinand, bitte! Von mir aus, aber konzentrieren wir uns erst mal auf das Mädchen. So steht es geschrieben", meinte Pepper. „Wer dafür ist, dass wir sie einweihen, der hebe die Hand ... äh ... oder die Pfote."

Alle stimmten dafür.

„Moment, ich muss noch etwas aus meiner Abteilung holen." Zielstrebig eilte Genoveva zu einem der Regale und zog ein wunderbar verziertes Buch heraus. Vorsichtig pustete sie den Staub vom Buchrücken. „Da ist es ja, Olivias Schätzchen, ihr liebstes Märchenbuch. Seit Jahren ungelesen. Ich wette, ich wette, meine Freunde, dass Becky diese Geschichte kennt. Und dass

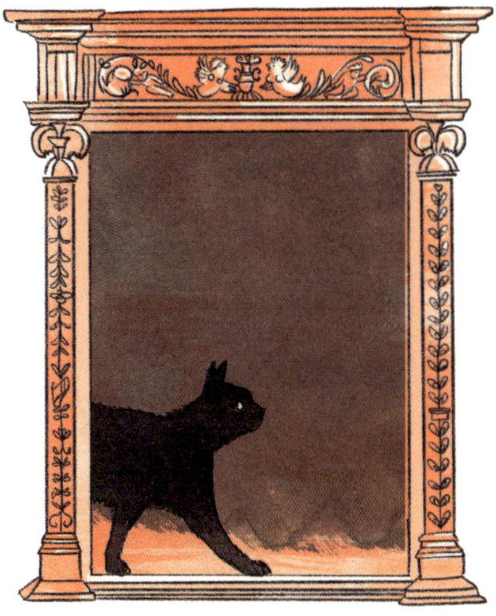

das Mädchen Bücher liebt." Sie sah triumphierend in die Runde. „Sie hat es vermutlich nur vergessen."

„Du hast recht, Genoveva. Bestimmt hast du recht." Pepper schnurrte zufrieden und sah Genoveva und Ferdinand durchdringend an. „Gut. Ab jetzt dürft ihr euch Becky zu erkennen geben." Und zu den Regalen gewandt: „Bücher, beginnt mit eurer Arbeit. Gebt es allen weiter! Die Zeit läuft."

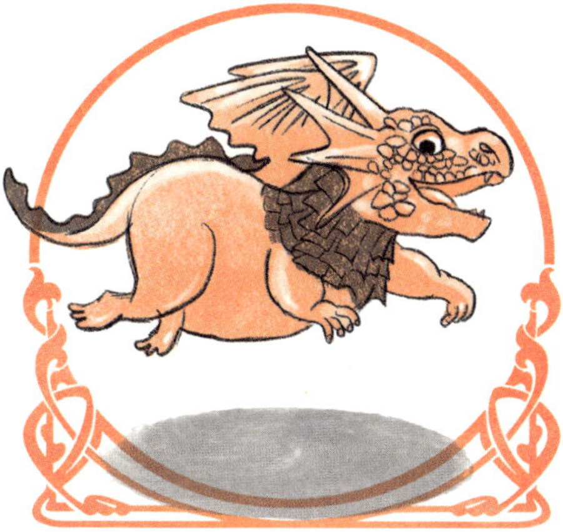

6. Kapitel

Schwebetreppen und Meeresrauschen

Das Schloss ist echt krass. Hätte ich nie gedacht, dass es hier auch eine Waffenkammer mit echten Schwertern und Rüstungen gibt", meinte Hugo.

Zuerst hatten die beiden Kinder die düsteren Verliese im Keller erkundet. Aber die waren nur feucht und modrig, kein bisschen aufregend. Außerdem hingen in allen Ecken dicke, hungrige Spinnen in ihren Netzen. Lotti war gar nicht mehr aus Beckys Pullovertasche hervorgekommen. Offenbar hatten ihr die alten Kellergewölbe ebenso wenig gefallen.

Danach hatten sie sich alle Schlaf- und Wohnräume im Erdgeschoss genau angesehen, auch das gemütliche Kaminzimmer. Vor allem die Waffenkammer hatte beide Kinder begeistert. Watson hatte jede Rüstung und jeden Panzerhandschuh, die dort ausgestellt waren, einzeln angebellt. Hugo hatte gerade noch verhindern können, dass er an eine uralte Armbrust pinkelte.

„Und jetzt?“, fragte Becky, als sie sich mit Mollys leckerem Auflauf gestärkt hatten und wieder in der großen Eingangshalle standen.

Hugo schaute zur Decke. „Die komischen Gestalten da oben finde ich ziemlich gruselig. Die starren einen so an.“

„Das ist ein Kreuzrippengewölbe“, erklärte Becky. „An den Enden sitzen die Kapitelle. In Form von Figuren.“

„Äh ... ja, klar.“ Hugo kratzte sich am Kopf.

Becky grinste. „Weiß ich von meinem Vater.“

„Okaaay“, meinte Hugo gedehnt. „Und? Warst du schon oben?“ Er deutete auf die Treppen.

Becky schüttelte den Kopf. „Mein Vater hat gesagt, dass ich da nicht hochgehen darf. Wir bewohnen nur das Erdgeschoss. Außerdem führen die Treppen ja gar nicht mehr bis ganz nach oben. Und so baufällig, wie die sind, könnte das gefährlich werden."

Hugo machte eine wegwerfende Handbewegung. „Gefährlich hin oder her. Man kann es doch mal ausprobieren! Wir schauen einfach, wie weit wir kommen. Oder hast du Angst?"

Noch bevor Becky etwas erwidern konnte, stiegen mit einem Mal zahlreiche verlockende Düfte in ihre Nase. Wie winzige Geister waberten sie an ihrem Gesicht vorbei und setzten sich in ihrer Nase fest. Becky erschnupperte Moos, fremdartige Pflanzen und feuchte Erde. Wald und frisch gebackenes Brot. Apfelmus und Rosenduft. „Riechst du das auch?", fragte sie Hugo verblüfft.

Watson jaulte begeistert auf, als es auf einmal nach Würstchen duftete.

Hugo nickte. „Es kommt von oben. Was kann das bloß sein?"

In diesem Moment flatterten winzige Wesen durchs

Treppenhaus. Zunächst sahen sie aus wie kleine Schmetterlinge oder pummelige Insekten. Sie wirbelten einmal um die Kinder herum und stiegen dann wieder hinauf. Dorthin, wo sie hergekommen waren. Ihr kurzes Gastspiel hatte jedoch gereicht, dass Becky und Hugo erkannten, womit sie es zu tun hatten. Es waren …

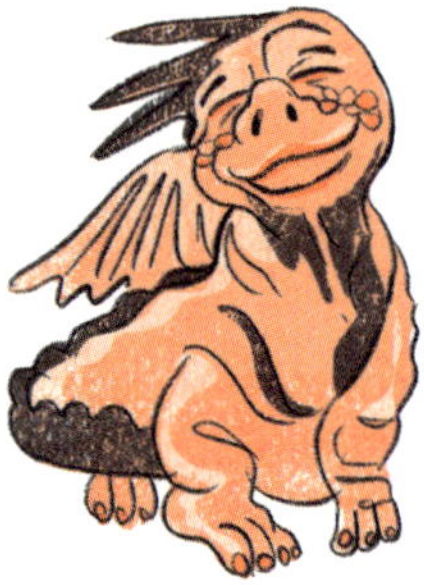

„Feen!" Becky staunte. „Daumengroße Feen und minikleine Drachen. Hugo, spinne ich?"

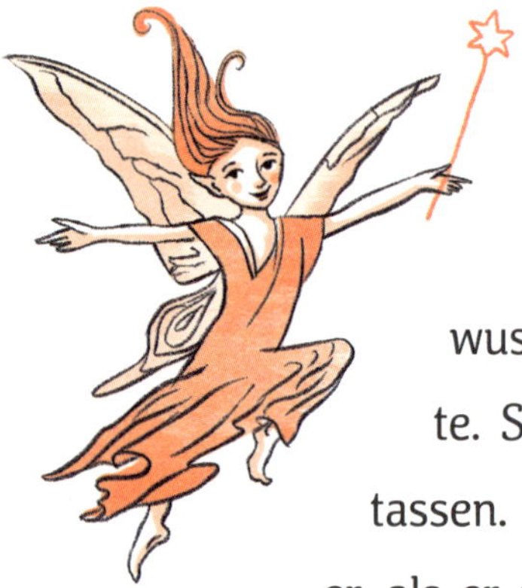

Hugo stand einfach nur da und wusste erstmal nicht, was er sagen sollte. Seine Augen waren groß wie Untertassen. „Los, lass uns da raufgehen", sagte er, als er sich wieder gefangen hatte. „Ist mir völlig egal, ob dein Vater das verboten hat oder nicht."

Becky straffte die Schultern. „Ich bin dabei."

„Welche Treppe sollen wir nehmen?", fragte Hugo.

Beckys Antwort kam wie aus der Pistole geschossen: „Die dritte von links."

„Und warum gerade die?"

„Keine Ahnung, ist einfach so ein Gefühl."

Die schmale Holzstiege führte steil nach oben, geradewegs am Bild von Genoveva vorbei. Hätten die beiden auch nur einen kurzen Blick auf das imposante Gemälde geworfen, hätten sie einen Mordsschreck bekommen. Es war nämlich leer.

„Hoffentlich hält das Ding", meinte Hugo mit einem zweifelnden Blick auf die Treppe.

„Komm schon!" Becky setzte einen Fuß auf die erste Stufe.

Die Treppe quietschte, ächzte und knarzte, als wollte sie ihnen etwas mitteilen. Und kaum stand Hugo neben Becky, wurden tatsächlich Stimmen laut: „Becky! Becky! Becky!"

Wie ein Echo hallte es von den Wänden wider. Dunkle und helle Stimmen, dünne und piepsige, hohe und brunnentiefe. Sie vibrierten durch die Halle, überschlugen sich, wirbelten über die Kinder und Watson hinweg. Lotti hatte sich vor Schreck tief in Beckys Pullovertasche verkrochen. Watson jaulte und kläffte mit den Stimmen mit.

Becky und Hugo blickten verwirrt umher und konnten es kaum fassen. Die Steinfiguren hatten ihre Münder und Mäuler weit aufgerissen. Sie konnten sprechen!

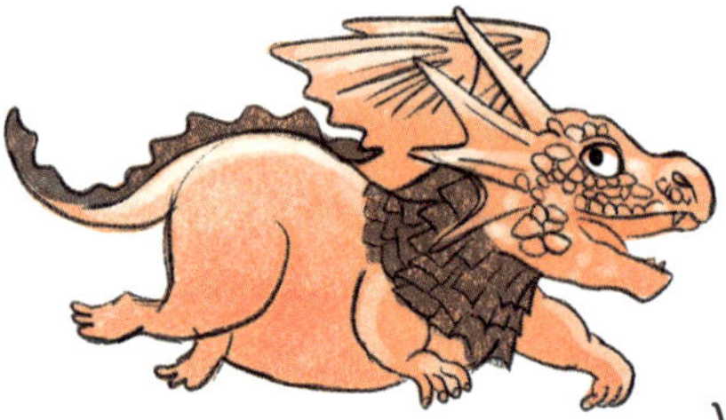

„Willkommen im magischen Bücherschloss", säuselten, zischten und gurrten sie. „Beeil dich, Becky, die Zeit verrinnt!"

Beim letzten Absatz ruckelte die Treppe auf einmal, ächzte gespenstisch und buckelte wie ein junges Pferd. Becky krallte sich erschrocken am Geländer fest. Hugo hielt mit der einen Hand Watsons Halsband, mit der anderen griff er nach Beckys ausgestreckter Hand. Sekunden später schoben sich wie von Geisterhand immer neue Stufen heraus, die Treppe verlängerte sich wie eine Feuerleiter. Bis sie schließlich vor einer verzierten Holztür im obersten Stock, dem Dachgeschoss, endete.

„Das war besser als Aufzugfahren", meinte Hugo.

Watson beschnüffelte die Tür ausgiebig. Offensichtlich witterte er etwas. Mit angehaltenem Atem drückte Becky die Klinke hinunter. Lotti war inzwischen auf ihre Schulter geklettert, um nichts zu verpassen. Auch Hugo und Watson reckten die Köpfe. Ein langer, dunkler Gang lag vor ihnen. Schwarz wie Tinte. Doch kaum hatten sie den flauschigen Teppichboden betreten, flackerte Licht auf. Rechts und links entzündeten sich die Kerzen in ihren Wandhalterungen wie von selbst. Oder ... war da jemand? Schnell duckten sich alle vier hinter eine riesige Bodenvase. Aber wohin sie auch sahen ... alles menschenleer.

„Und jetzt? Welche der vielen Türen nehmen wir?“, flüsterte Hugo. „Vielleicht die ...“

Weiter kam er nicht. Watson schoss wie ein Blitz nach vorn und kauerte sich winselnd vor eine breite Flügeltür. Feine Schwaden waberten unter dem Türspalt hervor.

„Das riecht wie am Meer“, wisperte Becky. „Und ich ... höre so ein komisches Schmatzen!“

„Bei drei machen wir die Tür zusammen auf“, schlug Hugo vor. „Eins ... zwei ...!“

Doch gerade als beide Kinder ihre Hände auf den Griff legen wollten, wurde ein Flügel der Tür von innen aufgestoßen und eine Blechstimme ertönte: „Halt. Bös hörher und nöcht weiter!“

Ein Ritter mit einem langen Schwert versperrte ihnen den Weg. „Öch muss erst prüfen, ob öch euch Einlass gewähren kann.“ Er deutete auf Becky. „Wenn du nöcht dö Röchtöge böst, dann …“ Mit einem festen Hieb stieß er das Schwert so kräftig in den flauschigen Teppich, dass es dort aufrecht stecken blieb.

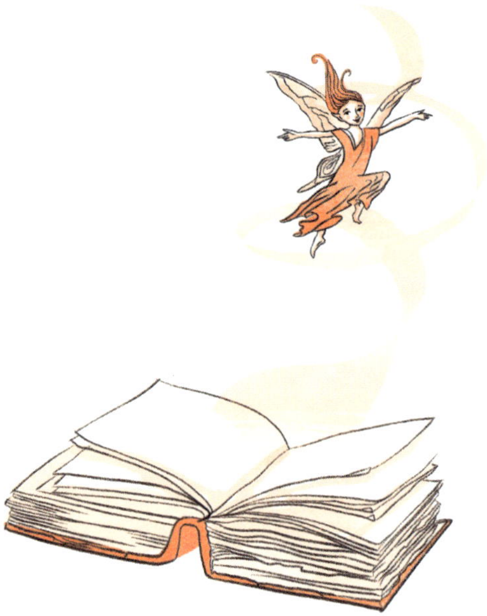

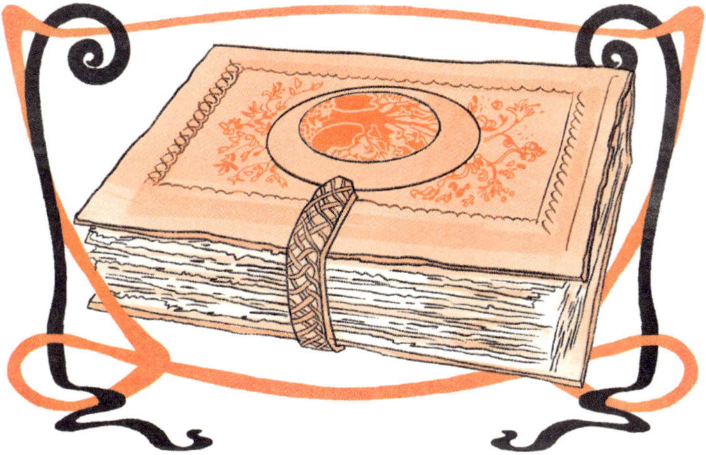

7. Kapitel

Geheimnisse und Gespenster

Watson knurrte und wollte den Ritter in den Metallschuh beißen, doch Hugo hielt ihn am Halsband zurück.

Becky musste einen Moment darüber nachdenken, was der Ritter eigentlich gesagt hatte. Was meinte er mit Riechtage? Oder … sollte es die Richtige heißen? Er war nicht ganz leicht zu verstehen. Aber dann nahm sie all ihren Mut zusammen und trat vor.

„Ich möchte eingelassen werden. Ich heiße Becky Librum. Und bist du nicht der Ritter aus der Küche?“

„Allerdöngs“, gab die Rüstung zurück. „Aus der Eingangshalle und aus der Küche.“ Er lachte scheppernd. „Und du böst ... äh Becky ... und wö war dein Nachname?“

„Librum“, antwortete Becky.

„Ein gutes Zeichen.“ Der Ritter zitterte und schepperte merklich vor Anspannung. „Bötte hab keine Angst vor mör, Becky. Das möt dem Schwert war wörklöch nur ein Spaß.“

„Aber ein ziemlich blöder“, brummte Hugo.

„Entschuldögung. Tut mör echt leid. Aber jetzt sag mör doch endlöch, was wöllst du hör, Becky? Wer sönd deine Eltern?“

„Warum wollen Sie das wissen?“ Becky schluckte.

„Sag es ihm doch einfach“, drängte Hugo. „Kann ja wohl nicht so schwer sein, oder?“

Becky sah ihn empört an. „Du hast doch keine Ahnung, du weißt gar nichts von mir.“ Und zur Rüstung gewandt: „Mein Vater ist Professor Ignaz Librum. Wir sind gestern angekommen und wohnen jetzt hier im Schloss. Und meine Mama heißt …", Becky räusperte sich, „sie hieß … ihr Name war Olivia."

„Olivia!" Auch diesen Namen konnte Ferdinand völlig fehlerfrei aussprechen. Gleichzeitig vollführte er ein kleines schepperndes Freudentänzchen. „Du böst es wörklöch! Du böst dö Retterön der Bücher. Öch bön hocherfreut. Mein Name öst Ferdinand von Schwertfeger." Die Rüstung verbeugte sich tief. Wieder mal ein klein wenig zu tief, denn …

„O Mann, der hat seinen Kopf verloren!", flüsterte Hugo.

„Ich werd verrückt", platzte es aus Becky heraus. „Der ist wirklich hohl! Und kann trotzdem sprechen?"

Interessiert sah sie die kopflose Rüstung an, Lotti sprang von ihrer Schulter direkt in den Helm hinein und durchs geöffnete Visier wieder hinaus. Dort blieb sie mit aufgeplustertem Schwanz sitzen.

„Danke fürs Durchputzen", meinte Ferdinand. Während er versuchte, seinen Kopf zu packen und wieder auf den Körper zu stecken, ging hinter ihm plötzlich auch der zweite Türflügel auf. Becky, Lotti, Hugo und Watson steckten ihre Köpfe hinein … und staunten.

„Aber – aber … das ist ja die Frau aus dem Bild!“, stammelte Becky, als sie Genoveva erkannte.

„Und jede Menge Bücher“, freute sich Hugo. „Genial!“

„Gestatten? Genoveva Känuse, Gräfin von Spisenat.“ Genoveva lächelte. „Ohne Käse und Spinat. Für euch einfach Genoveva.“

Becky wurde ganz verlegen. Natürlich wusste sie, was der kleine Hinweis mit Käse und Spinat bedeuten sollte. „Tut mir leid, ich … äh … ich habe nicht genau hingesehen.“

„Schon vergessen, Liebes.“ Genoveva winkte großzügig ab. „Auch Ferdinand spricht manche Dinge sehr … ungewöhnlich aus. Nur bei Namen liegt er immer richtig. Komisch, oder?“ Sie kicherte.

Ein dicker schwarzer Kater tauchte hinter einem Vorhang auf. Das Laufen fiel ihm sichtlich schwer. Watson bellte, doch der Kater fauchte so grimmig zurück, dass der Hund eingeschüchtert den Schwanz einzog.

„Der Kater von heute Nacht!“, rief Becky.

„Ich bin Pepper, der maunzige Chef der magischen Wesen. Willkommen, Becky. Auch deine Freunde möchte ich herzlich hier begrüßen.“

Becky kniff die Augen zusammen, hielt sie eine Weile geschlossen und öffnete sie dann wieder. „'Tschuldigung, aber ich musste gerade mal prüfen, ob ich träume." Sie sah von Pepper zu Genoveva, dann zu Ferdinand. „Sagt mal, seid ihr so was wie ... Gespenster?"

„Gespenster?" Genoveva rümpfte das zarte Näschen. „Nein, das klingt nicht sehr vornehm. Magische Wesen hört sich viel besser an."

Pepper schlug aufgeregt mit dem Schwanz. „Herr Nase hat uns schon berichtet, dass du nicht allein kommst, Becky. Würdest du uns bitte vorstellen?"

„Das ist Hugo ...", Becky holte tief Luft, „... mein Freund."

Hugo knuffte sie sanft in die Seite.

„Und mein Streifenhörnchen Lotti und Hugos Hund Watson. Aber sagt mal ... magische Wesen ... wie verrückt ist das denn?" Becky lächelte unsicher. „Warum seid ihr magisch? Und was macht ihr hier im Schloss?"

Pepper miaute betrübt. „Das, meine liebe Becky, ist eine lange Geschichte. Wir erzählen sie euch gern ein andermal. Jetzt drängt die Zeit. Die Bücher brauchen dich."

Becky biss sich verwirrt auf die Lippen. „Ihr seid ...

wirklich alle sehr freundlich. Aber – aber ... was wollt ihr ausgerechnet von mir? Und wer ist dieser Herr Nase, den du gerade erwähnt hast?“

Genoveva kicherte. „Aber natürlich, das kannst du ja nicht wissen. Die Steinfiguren in deinem Zimmer heißen Herr Nase und Igor. Igor ist ein Feuerdrache.“

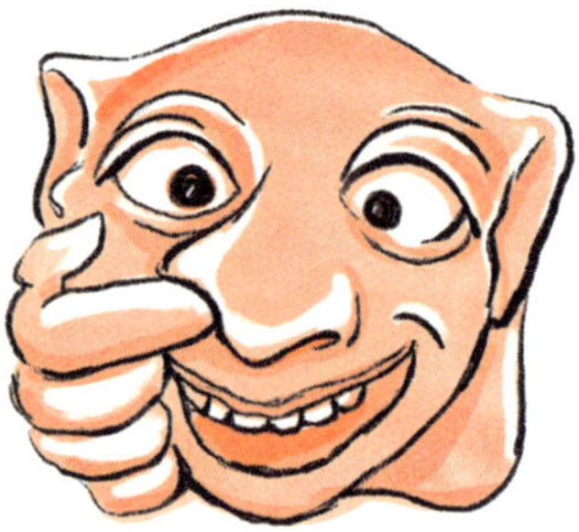

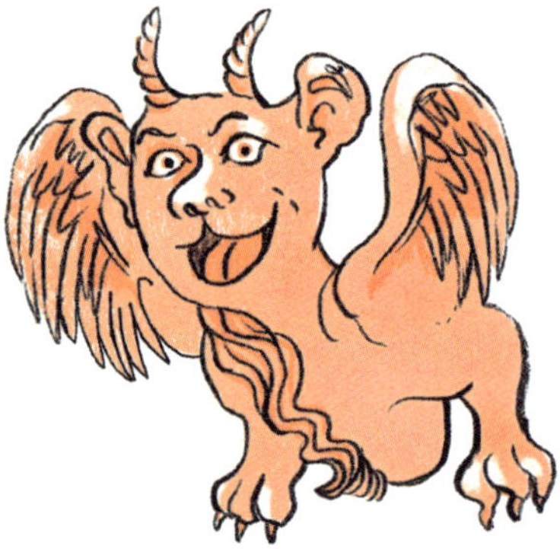

„Sie ... sind lebendig?“ Beckys Augen wurden ziemlich groß. „Genau wie ihr?“

Pepper schnurrte sanft. „Sie können es werden, genau wie wir. Aber nur dann, wenn wir oder ihr sie darum bitten. Dann schicken sie Botschaften und hören Dinge, die durch Mauern, über Grenzen hinweg und sogar durch alle Zeiten gehen. Das ist sehr praktisch.“

„Ach ja?“ Becky wusste nicht, was sie davon halten sollte.

Genoveva lächelte ihr aufmunternd zu. „Halten wir uns nicht länger mit Nebensächlichkeiten auf, ihr Lieben. Wir drei hier passen auf diese ganz zauberhafte Kinderbibliothek auf.“ Sie drehte sich auf dem Absatz um und wies auf die Regale, Vitrinen und Borde. „Pepper hütet alle Bücher, in denen Tiere eine Rolle spielen. Ferdinand ist für die Abenteuer zuständig. Und mein Reich sind die Märchenbücher. Wir sind sozusagen Abteilungsleiter.“ Sie kicherte. „So nennt ihr Menschen das doch, oder?“

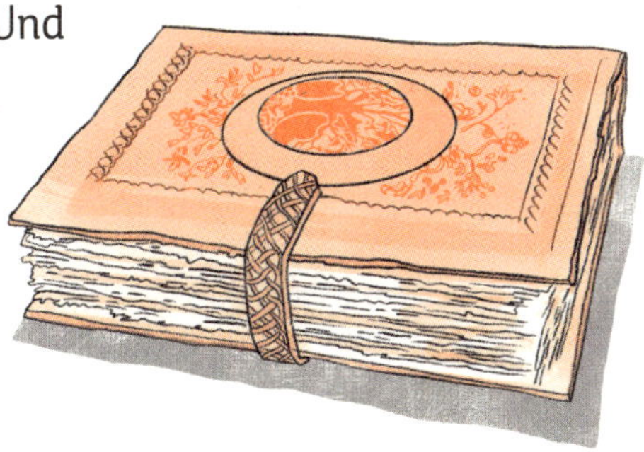

„Es fehlen aber noch ein paar von uns“, rief Ferdinand dazwischen.

Pepper zischte laut und warf ihm einen warnenden Blick zu. „Ferdinand, nicht alles auf einmal. Dazu kommen wir später.“

„Jetzt also erst mal das Wichtigste“, sagte Genoveva und wandte sich wieder zu Becky. „Vor vielen Jahren, kurz

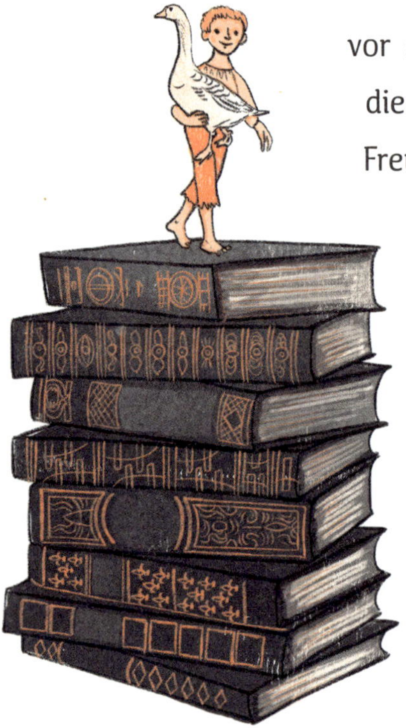

vor seinem Tod, hat Graf Bolte, dem dieses Schloss hier gehörte, unserem Freund Pepper etwas Bedeutsames aus einer Schrift vorgelesen."

„Genau!" Pepper miaute traurig. „Graf Bolte hat davon berichtet, dass nach seinem Tod ein ganz bestimmtes Mädchen zu uns kommen wird. Sie wird die Bücher retten."

„Wieso retten?" Hugo runzelte die Stirn. „Was ist denn mit den Büchern?"

Pepper seufzte. „Sie zerfallen zu Staub. Eins nach dem anderen. Schaut es euch an."

8. Kapitel

Bücherduft und Papierfetzen

Gemeinsam mit Hugo wanderte Becky langsam von Regal zu Regal. Die Bibliothek war wirklich riesig und wunderschön. Immer wieder blieb Hugo stehen, legte den Kopf schief und las interessiert einen Titel. Becky warf nur einen flüchtigen Blick darauf. Aber auch ihr entging nicht, dass die Bücher zum größten Teil grauenhaft aussahen. Feiner Papierstaub lag überall dort auf dem Boden, wo Bücher langsam zerfielen.

„Na ja, wenn es so alte Schinken sind“, meinte Becky mit einem Schulterzucken, „dann passiert das eben.“

„Alte Schinken?“ Genoveva, die den Kindern gefolgt war, holte tief Luft. „Graf Bolte hat in diesem Teil der Schlossbibliothek die wunderbarsten Kinderbücher zusammengetragen, die es auf der Welt gibt. Was hier drin steht ...“, sie wies einmal quer durch den Raum, „sind ganz neue Werke genauso wie Klassiker. Hier gibt es einfach alles! Die Bücher dürfen nicht kaputtgehen.“

„Seht euch zum Beispöl döses herrlöche Pöratenbuch an.“ Ferdinand schritt mit seinen Blechschuhen zu einer Glasvitrine. „So kunstvoll gezeichnet, so eine aufregende Geschöchte.“

„Piraten sind cool.“ Hugo schnalzte mit der Zunge. „Das Buch würde ich gern lesen.“

„Ich nicht“, meinte Becky.

Genoveva, Ferdinand und Pepper warfen sich einen verzweifelten Blick zu.

„Früher waren oft Kinder in der Bibliothek“, erklärte Genoveva. „Leider ist seit Graf Boltes Tod keins mehr gekommen. Deshalb haben wir so auf dich gewartet, Becky.“

„Aber warum gerade auf mich?“ Becky verzog das Gesicht. „Ich mache mir doch gar nichts aus Kinderbüchern.“

„Da täuschst du dich!“ Pepper strich um ihre Beine herum. „Dein Name sagt es schon: Du bist Becky Librum, die Freundin der Bücher. In der Schrift, die Graf Bolte uns vorlas, steht geschrieben, dass du kommst und die Bücher rettest. Beim dicken Katzenhai! Und umso besser, dass auch noch Hugo dabei ist. Dann könnt ihr gemeinsam lesen. Wie wunderbar!“

Inzwischen war Lotti aus Beckys Pullovertasche gekrochen und wuselte neugierig um die Regale herum. Watson warf einen vorsichtigen Blick auf Pepper, dann flitzte er Lotti hinterher.

„Wer lesen kann, dem eröffnen söch Welten.“ Ferdinand hob sein Schwert wie ein Ausrufezeichen in die Höhe.

„Wer liest, ist nie allein. Und er kann wunderbare, katzenstarke Abenteuer erleben.“ Peppers Tasthaare zitterten vor Aufregung.

„Was für Abenteuer meinst du?“, wollte Becky wissen.

„Das musst du schon selbst herausfinden.“ Peppers Augen blitzten. „Doch der Zauber geht verloren. Immer mehr Bücher in unserer Bibliothek verlieren Seiten oder zerfallen. Wir glauben, dass Lesen die Bücher schützt."

„Nachts hören wir die armen Geschichten manchmal stöhnen, weil keiner sie mehr in die Hand nimmt und darin schmökert", sagte Genoveva.

„Und über der Abteilung möt den Büchern über Fabelwesen und den Abenteuerbüchern, dö ön der Natur spölen, hängt döcker grüner Nebel. Zäh wö Haferschleim!" Ferdinand stampfte heftig mit dem Fuß auf. „Öch befürchte, sö sönd demnächst nur noch Papörfetzen."

„Ja, sie werden alle kaputtgehen. Weil die Buxies weg sind und ...", setzte Genoveva an. Doch als Pepper ihr einen strengen Blick zuwarf, schwieg sie.

„Also das mit euren Büchern hier, das ist echt schade, aber ..." Becky nestelte unsicher an ihrem Pullover. „Was ist denn so schlimm daran? Ich meine ... es gibt doch Buchhandlungen. Da kann man sich die Bücher wieder kaufen, wenn sie kaputt sind. Also ... wenn man will."

Die magischen Wesen waren wie erstarrt.

„Viele dieser Bücher kann man nicht mehr kaufen", sagte Genoveva. „Umso wertvoller sind sie."

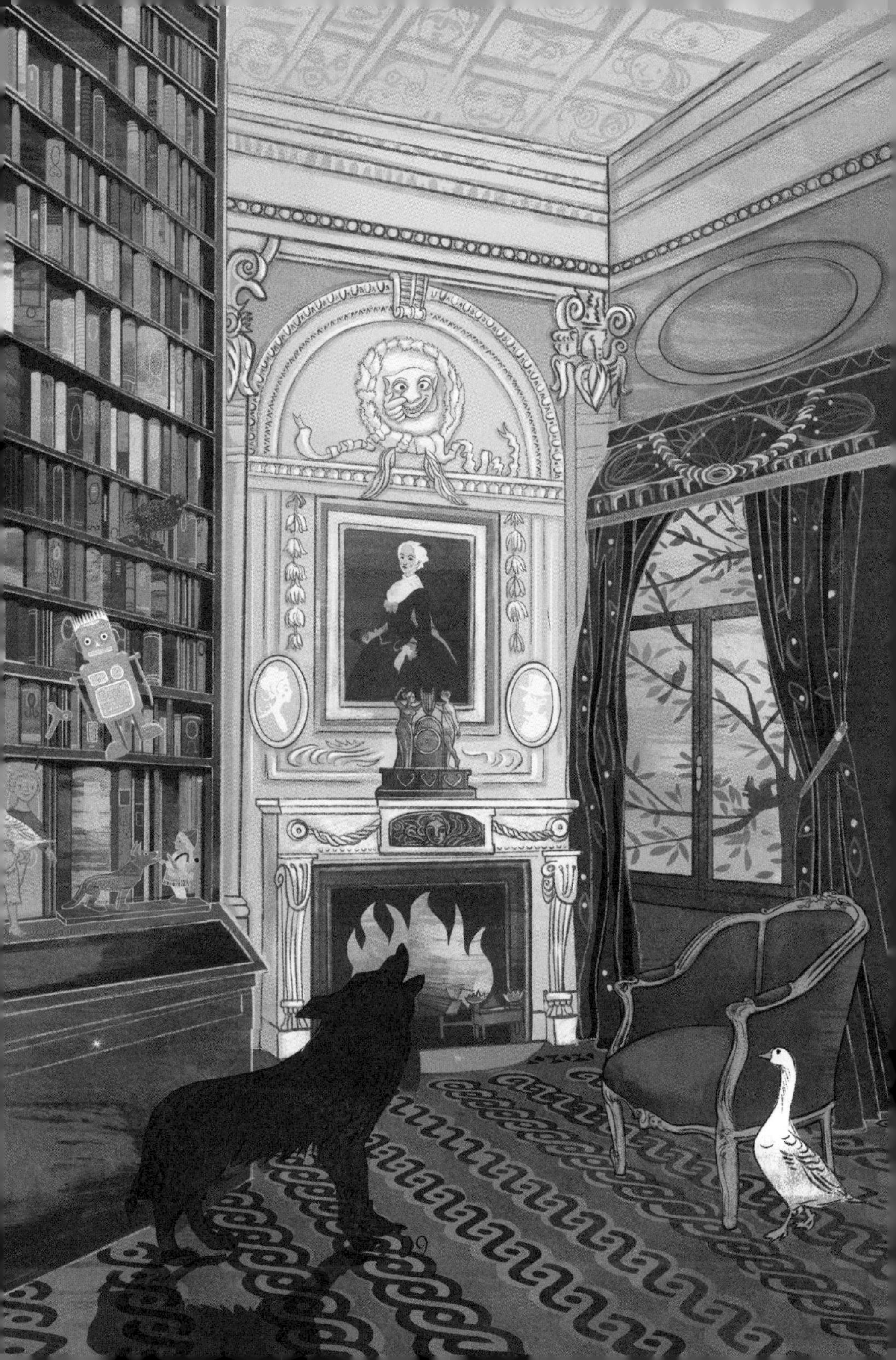

„Und wenn dö Bücher kaputtgehen, passört das auch möt der Böblöothek. Und danach möt dem ganzen Bücherschloss. Es zerfällt", sagte Ferdinand bekümmert.

„Nur Lesen rettet die Bücher. Hier und überall auf der Welt", erklärte Genoveva.

„Also ... ähm ... ich glaube, ich bin wohl nicht die Richtige. Ihr täuscht euch. Vielleicht nehmt ihr lieber Hugo? Der mag Bücher mit erfundenen Geschichten. Wisst ihr ...", Becky sah betreten in die Runde, „ich finde Kinderbücher blöd. Ich lese nur Sachbücher, aus denen man etwas lernt."

„Oje!", schepperte Ferdinand.

„O nein", setzte Genoveva hinzu und machte ein enttäuschtes Gesicht.

„Aber auch aus Kinderbüchern kannst du alles über das Leben lernen! Und unsere Bücher hier sind noch dazu sehr speziell", fuhr Pepper fort. „Man liest sie nicht einfach, man erlebt sie, hört sie, kann ihren geheimnisvollen Duft aufsaugen. Es gibt aufregende Geschichten, spannende Geschichten, traurige und lustige. Immer wenn Graf Bolte uns vorgelesen hat, sind meine Freunde und ich mit Haut und Haar in die Bücher hineingezogen worden. Fette Spitzmaus, es war herrlich!“

„Schön gesagt“, stellte Becky fest. „Aber ich will gar nicht irgendwo reingezogen werden. Ich will ... so was ... nie mehr erleben.“ Ihr Kinn zitterte, als würde sie eine große Traurigkeit überfallen. Sie schluckte und sah in die Runde. „Wenn ihr die Bücher retten wollt, lest doch selbst!“

Pepper miaute wehmütig. „Keiner von uns kann lesen.“

Er deutete mit der Pfote auf Ferdinand und Genoveva. Alle guckten verschämt zu Boden.

„Doch selbst wenn wir lesen könnten: Wir sind keine Kinder! Denn genau darauf kommt es an!“

Becky trippelte unruhig auf der Stelle hin und her. „Nein, ich bleibe dabei und lese nur Sachbücher. Alle anderen Bücher sind was für ... für Langweiler und Weichlinge. Sowas brauche ich nicht.“

Gerade wollte Pepper protestieren, da kam ihm Hugo dazwischen. „Mensch, Becky, du hast echt keine Ahnung. Geschichten sind spannend und lustig und ...“, er seufzte kurz, „... und sie können einem auch helfen. Als sich meine Eltern getrennt haben, ging es mir total schlecht. Ich habe gedacht, dass ich schuld an ihrer Scheidung bin. Weil ich nicht das Kind bin, das sich mein Vater gewünscht hat. Weil ich nicht schlau genug bin, nicht so witzig, wie er es gern gehabt hätte. Aber aus den Geschichten habe ich gelernt, dass das nicht stimmt."

Becky sah ihn zweifelnd an. „Du willst damit sagen, dass Bücher dich getröstet haben? Pff ... das ist doch Unsinn. So ein Buch kenne ich nicht."

Ferdinand nickte. „Völleicht hat Becky ön letzter Zeit dö falschen Bücher gelesen. Dö Geschöchten, dö uns Graf Bolte vorgelesen hat ... waren großartög!"

„Was meinst du, Becky?", fragte Genoveva mit sanfter Stimme. „Können wir nicht einfach mal ausprobieren, wie dir eine unserer Geschichten gefällt? Ein schönes Werk aus unserem Bücherschloss. Geschrieben für dich und andere Kinder?"

„Lass es uns probieren, Becky. Wir könnten es gemeinsam lesen. Zum Beispiel dieses hier ..." Hugo lief zu einem Regal, vor dem Watson saß. Mit dem Zeigefinger fuhr er langsam an den Buchrücken entlang und zog dann das

Buch heraus, auf das sich Lotti gekauert hatte. Das Streifenhörnchen hielt das Werk so niedlich mit seinen Pfoten umklammert, dass Hugo einfach zugreifen musste.

„*ALS DIE TIERE SPRECHEN LERNTEN*", las er laut und schob Becky den Einband unter die Nase. „Das klingt doch cool, oder?"

Becky zuckte mit den Schultern. „Geht so. Tiere können nicht sprechen lernen."

Hugo drehte das ziemlich ramponierte Buch in seinen Händen hin und her und blätterte ein bisschen darin. „Viele Eselsohren. Und jede Menge Seiten sind locker. Puh, ich hoffe, da fehlt nichts, das wäre schade."

„Macht euch keine Sorgen, das Buch hält, was es verspricht. Lotti und Hugo haben einen guten Geschmack bewiesen." Genoveva zwinkerte den Kindern zu. „Ihr werdet sehen, das Buch kann einiges bewirken. Lest los, ihr zwei!"

In diesem Moment spürte Hugo, wie sich das Buch in seiner Hand bewegte, als würde es sich von selbst biegen. Die Seiten raschelten, geheimnisvolle Tierlaute waren zu hören und ein feuchter, moosiger Duft waberte hervor.

„Wow, was ist das denn?“ Hugo starrte das Buch an. Er legte Becky die Hand auf die Schulter. „Dieses Buch muss ich heute noch durchkriegen. Komm, wir machen es uns in deinem Zimmer gemütlich, ja?“

Becky biss sich auf die Unterlippe. „Wenn's sein muss.“

Die drei magischen Wesen seufzten erleichtert.

In der Tür drehte sich Becky noch einmal um.

„Macht euch keine großen Hoffnungen, dass mir das Buch gefällt!“

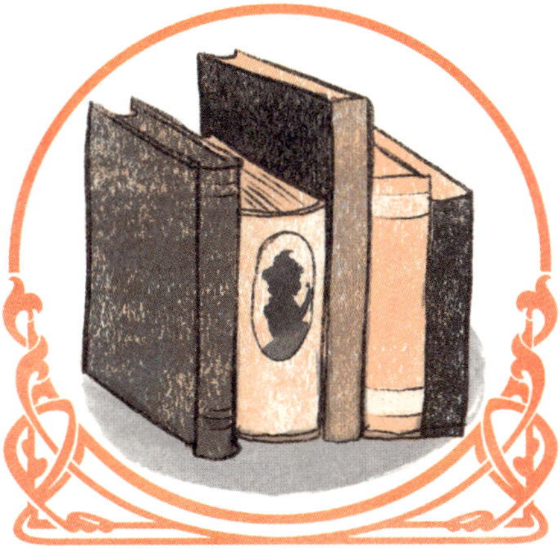

9. Kapitel

Bauchkribbeln und Erinnerungen

In ihrem Zimmer ließ sich Becky aufs Bett fallen. Lotti wollte auf ihren Sessel hüpfen, doch den hatte bereits Hugo in Beschlag genommen. Watson rollte sich um seine Füße.

„Ist das nicht völlig abgedreht mit den magischen Wesen da oben?", fragte Hugo. „Ich meine, das ist doch so … unwirklich. Zwick mich mal."

Das ließ Becky sich nicht zweimal sagen und kniff Hugo kräftig in den Unterarm.

„Autsch! Nicht so fest!“ Hugo stöhnte. „Aber so weiß ich wenigstens, dass ich nicht träume. Was meinst du, woher kommen Pepper, Genoveva und Ferdinand?“

„Hm. Keine Ahnung.“ Becky sah zu den Steinfiguren an der Wand. Doch Herr Nase und Feuerdrache Igor rührten sich nicht. „Vielleicht sind sie doch so was wie Gespenster?“

Hugos Augen leuchteten. „Cool! Ich wollte schon immer mal einem Gespenst begegnen. Das gehört einfach zu einem Schloss dazu, finde ich.“ Ungeduldig hielt er das Buch in den Händen, drehte es hin und her und reichte es schließlich Becky. „Willst du anfangen?“

„Nö, mach du.“

Becky gähnte, drehte sich auf den Rücken und legte die gekreuzten Arme unter ihren Kopf. Sie hatte so überhaupt keine Lust, diesen Babykram zu lesen. Sprechende Tiere, so ein Blödsinn! Am liebsten hätte sie die Augen geschlossen und sich auf der Stelle weggeträumt ... aber das wollte sie Hugo nicht antun.

Ehrfürchtig schlug Hugo die erste Seite auf, legte das Buch auf seine Oberschenkel und begann zu lesen:

„Nichts regte sich im Wald der Finsternis. Die schwarzen Vögel, die sonst um diese Zeit zwischen den Wipfeln kreisten, hatten sich in ihre Nester zurückgezogen. Nebel lag zwischen den Bäumen, und nur ab und zu schimmerte ein helles Licht durch die Äste und Zweige hindurch. Da sauste auf einmal …"

Gegen ihren Willen spürte Becky, wie plötzlich die Spannung in ihren Körper strömte. Die Geschichte hatte sie in ihren Bann gezogen. Ihr Bauch bebte vor Aufregung, am liebsten hätte sie Hugo das Buch aus den Händen gerissen und selbst gelesen. Wie gern würde sie in diese Geschichte abtauchen, hineinspringen wie in einen warmen See. Aber das durfte nicht sein, niemals wieder! Tränen schossen ihr in die Augen, während Hugo die Geschichte mit seiner sanften, angenehmen Stimme in den Raum schickte. Und hier wurde sie für Becky so lebendig, wie sie es früher oft erlebt hatte. Damals, als ihre Mutter ihr vorgelesen hatte.

Stunden, Tage, Wochen hatte Becky mit ihr in Zauberwelten, unter Drachen, Lindwürmern und Feen verbracht. Gemeinsam waren sie im Heißluftballon in die Lüfte aufgestiegen und hatten auf Segelschiffen angeheuert. Sie waren in die Zauberschule gegangen und in U-Booten bis auf den Meeresboden getaucht. Manchmal hatte Becky mit ihrer Mutter mehrere Bücher an einem Tag verschlungen, oft hatten sie im Schein der Nachttischlampe aneinander gekuschelt im Bett gelegen und geschmökert, bis der Schlaf sie übermannte. So schön, so innig war das gewesen, doch dann ...

„Hör auf!“, rief Becky so laut, dass Hugo erschrocken zusammenzuckte. Das Buch glitt ihm aus den Händen, fiel zu Boden, einige lose Seiten flatterten heraus.

„Ich kann das nicht“, flüsterte Becky mit erstickter Stimme. „Das ist ... wie früher mit ... ich will das nicht.“

Hugo schluckte. Mit der flachen Hand fuhr er sich durchs Haar. Dann bückte er sich, hob das Buch wieder auf und steckte die losen Seiten in der richtigen Reihenfolge hinein. Ohne Becky dabei anzusehen, meinte er: „Meine Mutter liest mir immer noch vor. Nicht mehr jeden Abend wie früher. Aber noch immer reisen wir manchmal zusammen in Fantasiewelten. Dann setzt sie sich zu mir auf die Bettkante und legt los." Er seufzte. „Dein Vater hat Mum und mir von dem Autounfall erzählt, bei dem deine Mutter ums Leben gekommen ist. Ich kann mir vorstellen, dass du deine Mum schrecklich vermisst. Aber bestimmt ist sie dir näher, wenn du das machst, was ihr auch zusammen gemacht habt. Wer liest, kann überall sein, man kann sich an jeden Ort träumen. Es gibt Bücher, die einen trösten oder zum Lachen bringen. Geschichten, die einen traurig machen, aber auch das kann gut sein, weil ... also, ich meine ..."

„Ich weiß, was du meinst", gab Becky unwirsch zurück. „Gib mir das Buch."

Hugo reichte es ihr.

„Wo waren wir?", fragte sie.

Hugo deutete mit dem Finger auf die entsprechende Stelle. Becky holte Luft und las weiter:

„Nebel lag zwischen den Bäumen, und nur ab und zu schimmerte ein helles Licht durch die Äste und Zweige hindurch. Da sauste auf einmal ein struppiges Streifenhörnchen unter den Baumwurzeln an der Oberfläche hin-

durch. ‚Wäre ja noch schöner, dass er mir meine Sprache wieder wegnimmt. Nur, weil er der Obermagier im Wald der Finsternis ist, kann er sich nicht alles erlauben. Nein, das geht nicht, geht wirklich nicht. Erst streut er sein Zauberpulver über meinen Pelz, dann will er alles rückgängig machen. Nur, weil ich zu vorlaut bin. Vorlaut. Ja, das hat er gesagt. Frechheit!‘ Das magere Tierchen sah sich unruhig um. ‚Bestimmt hat er schon gemerkt, dass ich sein Säckchen stibitzt habe, und jetzt verfolgt er mich. Natürlich will er das Zauberpulver, das Tiere zum Sprechen bringt, wiederhaben. Aber ich werde es freiwillig nie-niemals … o nein … das Säckchen, das magische Pulver …‘“

Ungläubig sah Becky, wie bei ihren letzten Worten eine silberne Staubwolke aus dem Buch wirbelte, sich in Windeseile im Zimmer ausbreitete und einen schimmernden Film über alles legte. Über ihr Bett, ihre Kleidung, über Lotti, die sich neben ihr zusammengekringelt hatte. Auch Hugo beobachtete mit angehaltenem Atem, wie feiner, glänzender Staub auf seinen Händen, seiner Hose, dem Sessel und auf Watson, der darunterlag, landete.

„Was ist das, Becky?“, flüsterte Hugo.

„Keine Ahnung. Meinst du … der Silberstaub kommt aus dem Buch?"

„Natürlich kommt er aus dem Buch. Woher sonst?", knurrte eine dunkle Stimme.

Becky und Hugo warfen sich einen Blick zu. Einen sehr ungläubigen Blick, denn … die Stimme gehörte eindeutig Watson! Der Hund hatte sich auf seine Hinterbeine gesetzt und starrte Hugo und Becky ebenso erstaunt an. Dann öffnete er sein Maul und erklärte: „Hallo, Hugo, mein Bester. Gefällt mir, dass ich mich jetzt mit dir unterhalten kann. Und natürlich auch mit dir, Becky."

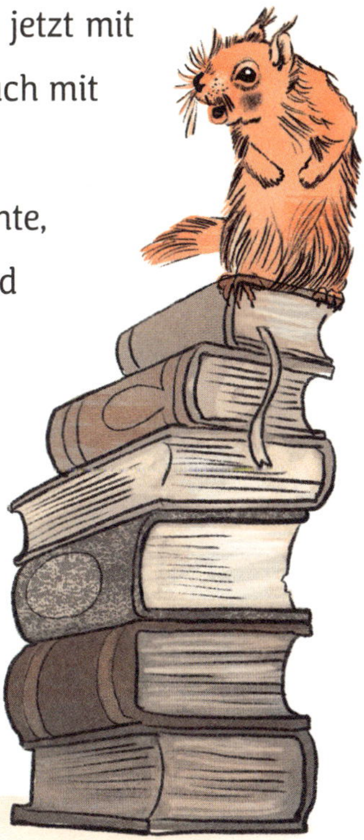

Noch bevor Hugo antworten konnte, nahm Lotti auf dem Bett Anlauf und sprang genau vor die Pfoten ihres Hundefreundes.

„Du hast es also auch gespürt, was? Dieses Kribbeln im Bauch, als das Pulver auf dich geschwebt ist. Einfach nur hörnchenstark! Ich kann auch sprechen … also, ich meine ... so ein Quatsch, das konnte ich schon vorher. Streifenhörnchensprache, logisch. Aber jetzt kann ich auch mit euch sprechen. Becky, meine liebste Freundin, ist das nicht toll? Wenn ihr mich fragt, ich finde, ich habe auch eine schöne Stimme. Ein bisschen hoch, aber auch nicht zu hoch. Weich, aber auch nicht zu ..."

Ein Knurren brachte Lotti zum Schweigen. „Wuff-wuff. Also, wenn die immer so viel redet, kriege ich eine echte Hundekrise", brummte Watson. „Dann stopfe ich dir demnächst einen Knochen ins Maul, Lotti. Quer!"

Becky und Hugo lachten.

„Lotti, meine liebe Lotti. Ach, das habe ich mir immer so sehr gewünscht. Ich habe mir immer vorgestellt, wie es wäre, wenn du mit mir sprechen könntest."

Mit einem Satz hüpfte Lotti in Beckys Schoß, wo sie sich einkuschelte. Becky strich ihr glücklich über das weiche Fell.

„Geht mir genauso", meinte Hugo. „Sonst liest man immer nur Geschichten von Kindern, die mit ihren Haustieren sprechen können. Und jetzt ... Wahnsinn! Mensch, Watson. Also ... Blödsinn ... äh ... natürlich bist du kein

Mensch, sondern ein Hund. Ein ... sprechender Hund. Das ist genial! Ich freue mich, Kumpel."

Watson bellte begeistert und schleckte Hugo die Hände ab.

„Unglaublich, einfach irre! Dieses Buch und das ganze Schloss stecken wirklich voller Magie." Becky breitete die Arme weit aus. „Erst lernen wir diese lustigen, verrückten magischen Wesen kennen. Dann lese ich nach vielen Jahren zum ersten Mal wieder ein richtiges Kinderbuch. Und jetzt sprechen unsere Haustiere. Wie verrückt ist das denn?"

„Sehr verrückt." Hugo nickte.

„Wahuuu! Mehr als verrückt", meinte Watson.

„Ziemlich verrückt", stimmte auch Lotti zu. „Aber verrückt muss ja nicht gleich hörnchenblöd sein. Das kann auch was Gutes bedeuten. Wenn man es richtig einsetzt. Also, wenn ihr versteht, was ich meine. Dumm wäre es allerdings, wenn die Erwachsenen das jetzt mitkriegen würden. Schätze mal, dass wir uns da besser zurückhalten mit dem Sprechen."

„Wuff. Nicht nur da!", knurrte Watson. „Wenn wir Freunde bleiben wollen, Lotti, dann quatsch nicht immer so viel am Stück. Bitte, tu mir den Gefallen!"

„Pfff." Das Streifenhörnchen hüpfte auf den Boden, hob den buschigen Schwanz und stolzierte Richtung Tür. „Ganz wie du meinst, du Wadenbeißer."

„Wadenbeißer? Ich?!"

Watson wollte sich schon auf das Streifenhörnchen stürzen, da ging Becky energisch dazwischen.

„Ruhe jetzt! Vertragt euch. Ab sofort sind wir ein Team. Wir vier!" Sie sah Hugo mit einem breiten Grinsen an.

„Gemeinsam schaffen wir es bestimmt, den Wesen in der Bibliothek zu helfen", meinte Hugo. „Wir müssen später unbedingt noch mal zu ihnen."

Becky nickte. „Die werden Augen machen, dass Lotti und Watson auf einmal sprechen können!"

„Streifenstark!" Lotti reckte den buschigen Schwanz in die Höhe. „Die freuen sich bestimmt. Also der Blechmann vielleicht weniger als die brummige Katze. Oder vielleicht die hübsche Frau am meisten? Na ja, eventuell auch alle gleich viel und ..."

„Looooootti! Halt einfach mal die Klappe, ja?" Watson

jaulte. „Wahuuuu! Können wir jetzt endlich weiterlesen? Es war gerade so spannend!“

Bis es draußen dämmerte, lasen Becky und Hugo abwechselnd laut vor. Nur einmal steckte Hugos Mutter den Kopf kurz zur Tür herein. Als sie jedoch die gemütliche Leserunde sah, verzog sich Molly sofort wieder. Erst zum Abendessen legten Becky und Hugo das Buch zur Seite.

„Wir sind bald fertig“, stellte Hugo fest.

Becky nickte. „Nach dem Zähneputzen wieder bei mir im Zimmer?“

„Ich bleibe hier und bewache das Buch“, schlug Lotti vor. „Bringst du mir etwas zu futtern mit, Becky? Ein paar Nüsse? Oder doch Trauben? Nein, vielleicht beides. Man kann ja nie wissen, ob man später nicht doch ...“

„Grrr!“ Watson drückte seine Hundenase an die des Streifenhörnchens. „Fass. Dich. Kurz. Hörnchen!“

Hugo lachte. „Meinst du, dein Papa und meine Mum erlauben, dass wir nach dem Essen noch länger lesen? Meine Mum kann da ganz schön streng sein.“

Becky tippte sich mit dem Finger an die Stirn. „Wer sagt, dass wir ihnen davon erzählen? Heimlich natürlich.

Taschenlampen habe ich genug in meiner Detektivausrüstung."

„Du hast eine ... echte Ausrüstung?" Hugo war beeindruckt.

„Zeige ich dir ein anderes Mal, jetzt sollten wir los. Sonst ist deine Mutter bestimmt sauer. Ist doch unser erstes gemeinsames Abendessen!"

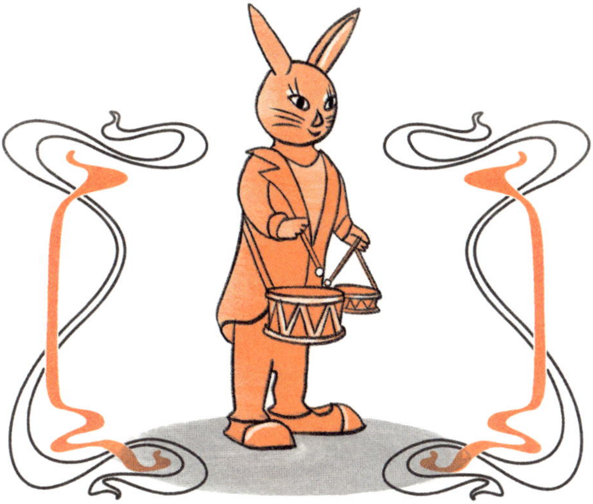

10. Kapitel

Tomatensuppe und Musik

Mollys Tomatensuppe war ein voller Erfolg. Professor Librum ließ sich dreimal nachschöpfen und konnte sich gerade noch beherrschen, am Schluss den Teller auszuschlecken. Zum Nachtisch verspeiste er noch zwei Stück Schokoladenkuchen.

„Das war einfach himmlisch! Molly Braun, Sie sind ein Glücksfall für Becky und mich." Professor Librum rieb sich den Bauch.

„Wie war eigentlich dein erster Arbeitstag in der Uni?“, wollte Becky wissen.

Professor Librum lehnte sich in seinem Stuhl zurück. „Interessant und schmerzhaft. Zuerst das eine, dann das andere.“

Molly sah erschrocken aus. „Schmerzhaft? Was ist denn passiert?“

„Nun, zuerst habe ich mich in meinem Büro mit meiner neuen Sekretärin zu einer Besprechung getroffen“, berichtete Professor Librum. „Stellt euch vor, sie kannte deine Mama, Becky. Sie war gut mit ihr befreundet und kennt sogar das Schloss.“

Hugo schüttelte den Kopf. „Was für ein verrückter Zufall.“

„Ja, das ist es wirklich, aber lasst mich meine Geschichte fertig erzählen“, drängte Professor Librum. „Nach unserer Besprechung habe ich mir die umfangreiche Bibliothek in meinem Büro angesehen. Meine Sekretärin hatte mich darauf hingewiesen, dass hier schon die meisten wichtigen Bücher in den Regalen stehen würden. Und gerade als ich die Leiter hinaufklettern wollte ...", der Professor machte eine Kunstpause, "da ist ein Buch aus dem Regal geplumpst. Erst auf meinen Kopf und dann in meine Arme!"

Becky kicherte. „Einfach so? Bist du sicher, Papa? Für so etwas gibt es doch immer eine logische Erklärung ..." Sie stockte und sah erst zu Hugo, dann zu Watson, der zu dessen Füßen lag. „Äh ... na ja ... vielleicht nicht wirklich ... immer."

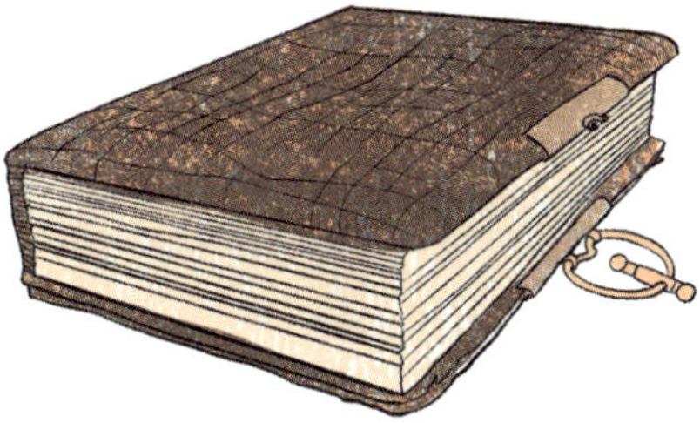

Professor Librum deutete auf seinen Kopf. „Wollt ihr mal die Beule sehen? Aber ich war trotzdem mehr als froh, dass ich das Buch aufgefangen habe. Es ist nämlich sehr alt und wertvoll und wunderschön. Nicht auszudenken, was passiert wäre, wenn es auf den Boden gefallen wäre."

Becky und Hugo gähnten demonstrativ.

"Naja, ich habe es mal mit nach Hause genommen." Professor Librum runzelte die Stirn. „Der Titel ist so ungewöhnlich, und da dachte ich, ich zeige es euch mal ..."

Becky gähnte ausgiebig. „Bitte nicht böse sein, Papa, aber geht das auch ein anderes Mal? Ich bin sooo müde."

„Ich auch." Hugo räkelte und streckte sich, damit daran kein Zweifel bestehen konnte.

„Dürfen wir in unsere Zimmer gehen?", fragte Becky.

„Aber natürlich. Schlaf schön, Kleine." Professor Librum drückte Becky einen Kuss auf die Wange. „Du auch, Hugo."

„Gute Nacht, Mum. Nacht, Professor."

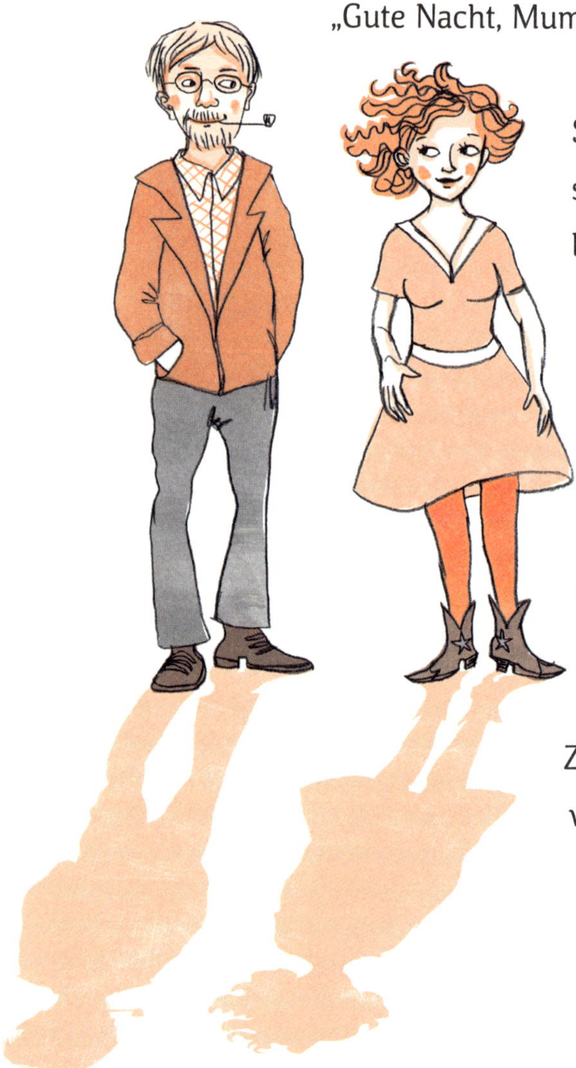

„Gestern war es spät. Schlaf dich aus, Hugo", sagte Molly. „Du auch, Becky. Ich wünsche schöne Träume!"

Und während die beiden Erwachsenen Mollys Arbeitsplan für die nächsten Tage besprachen, zogen sich Hugo und Becky zurück. Allerdings nicht in *ihre* Zimmer, sondern in das von Becky.

Vorsichtig fischte sie das Buch unter Lottis Pfoten hervor. Das Streifenhörnchen hatte es wie versprochen bestens behütet, war aber dabei eingenickt.

„Wach auf, Lotti“, flüsterte Becky und legte einige Nüsse und ein paar Trauben auf ihre Handfläche. „Ich habe dir was Leckeres mitgebracht.“

Hungrig machte sich Lotti darüber her, während Watson genüsslich an einem Knochen knabberte. Hugo hatte schon seinen Schlafanzug angezogen, Becky trug über ihrem einen flauschigen Bademantel. Beide Kinder krabbelten aufs Bett und legten die Decke griffbereit. Falls Molly oder der Professor auftauchten, konnte sich Hugo schnell darunter verstecken. Und Becky würde vorgeben, ganz tief zu schlafen.

„Es geht weiter.“ Hugo schaltete Beckys Taschenlampe ein. „Pssst!“

Brav hörte Watson auf, geräuschvoll an seinem Knochen zu nagen. Becky schlug das Buch auf. Und dann lauschten Hugo, Watson und Lotti gebannt, wie sie mit warmer, klangvoller Stimme die letzten Kapitel von *ALS DIE TIERE SPRECHEN LERNTEN* vorlas.

„Fertig“, sagte sie schließlich und klappte das Buch zu.

Dabei beobachtete sie fasziniert, wie sich die verknitterten Seiten glätteten und die vielen Macken aus dem Einband verschwanden. Auch die anderen konnten ihren Blick nicht vom Buch abwenden. Unglaublich, zum Schluss sah es beinahe wieder wie neu aus.

Beckys Augen blitzten. In dieser Nacht war sie wieder zur Leseratte geworden.

„Dem Buch geht es viel besser. Und wisst ihr was? Mir auch!“ Sie schlüpfte in ihre Pantoffeln und bewaffnete sich mit einer weiteren Taschenlampe aus ihrem Detektivkoffer. „Ich glaube, ich hole mir in der Bibliothek gleich ein neues.“

„Ich bin dabei.“ Hugo grinste.

Lotti hüpfte auf Beckys Schulter. „Ich auch.“

„Wuff-wuff. Und ohne mich geht ihr sowieso nirgendwohin“, knurrte Watson. „Wer weiß, wer sich hier im Schloss rumtreibt.“

Becky wollte gerade schon zur Tür hinaushuschen, da fiel ihr etwas ein. „Herr Nase und Igor“, sagte sie streng.

„Ihr braucht gar nicht so zu tun, als würdet ihr schlafen. Wenn Hugos Mutter oder mein Vater nach uns schauen, müsst ihr uns sofort Bescheid geben. Alles klar!?“

Ein verschmitztes Kichern verriet, dass die beiden Steinfiguren genau verstanden hatten. Dann klimperten beide mit den Augen.

„Ich bin der beste Aufpasser von hier bis ... äh ... weit weg“, meinte Herr Nase stolz.

„Angeber!“, zischte Igor. „Kannst du etwa Feuer speien, na?“ Eine Stichflamme loderte Richtung Decke. Haarscharf an der Gardine vorbei. Aus dem Maul des kleinen Steindrachen waberten dünne Rauchfädchen.

„Sag mal, spinnst du, wahuu?“, knurrte Watson. „Du kannst doch nicht Beckys Zimmer abfackeln.“

„'tschuldigung“, wisperte der Drache. „Beim Flammenwerfen habe ich Schwierigkeiten. Aber ich bin wild und gefährlich. Jawohl! Und aufpassen kann ich am besten von allen.“

Der Popelmann rümpfte die Nase. „Pah!“

Becky tätschelte beiden den Kopf und seufzte. „Ich frage gar nicht mehr nach, ob es logisch ist, dass ich mich gerade mit Figuren aus Stein unterhalte. Im Bücherschloss ist eben alles ein bisschen verrückt. Also – bis später, ihr zwei!"

Im Gänsemarsch schlichen Becky, Hugo, Lotti und Watson die dunklen Gänge entlang. An der Tür zum Wohnzimmer blieben sie kurz stehen und horchten. Aber Professor Librum und Molly waren wohl schon ins Bett gegangen. Umso besser!

Dieses Mal fuhr die Treppe zur geheimen Bibliothek noch schneller in die Höhe als bei ihrem ersten Besuch. Becky und Hugo mussten sich mit aller Kraft am Geländer festhalten, so flott war die kurze Fahrt. Kaum waren sie oben angekommen, hörten sie leise Musik. Und als die Kinder die Tür aufdrückten, bot sich ihnen ein köstliches Bild: Ferdinand und Genoveva tanzten ganz versunken und etwas steif einen Walzer, Pepper bediente ein uraltes Grammofon.

„Entschuldigung", flüsterte Becky. „Dürfen wir stören?"

„Becky! Hugo!", rief Genoveva erfreut, ließ ihren Tanzpartner stehen und umarmte die Kinder stürmisch. Ferdinand wankte kurz, fing sich aber dann wieder.

„Und? Hat euch das Buch gefallen?", fragte Genoveva.

„Es war toll", sagte Hugo. „Aber noch toller ist es, dass Watson und Lotti auf einmal sprechen können."

Genoveva, Pepper und Ferdinand zwinkerten sich zu.

„Ach, sieh einer an", meinte Genoveva leichthin. „Dann hat der Titel des Buches ja gehalten, was er versprochen hat."

Lotti flitzte auf das nächste Bücherregal und rief: „Ich bin das erste Streifenhörnchen, das die Sprache der Menschen spricht. Also ... denke ich doch."

„Wuff-wuff. Angeberin", knurrte Watson. „Wer interessiert sich schon für ein Streifenhörnchen, wenn hier so ein Prachtkerl wie ich steht?"

Genoveva tippte Becky auf die Schulter. „Und? Wie hat dir die Geschichte gefallen?"

„Sie war wunderbar. Einfach herrlich", platzte es aus Becky heraus. „Ich hatte ganz vergessen, wie schön es ist, solche Bücher zu lesen. Bitte, darf ich mir gleich ein neues ausleihen?"

Genoveva zog ein Spitzentaschentuch aus ihrem Kleid und tupfte sich ein paar Freudentränen ab. Pepper schnurrte zufrieden, und Ferdinand drehte sich vor Freude wie ein leicht scheppernder Brummkreisel.

„Ich habe es doch gleich gesagt", flötete Genoveva. „Töchter sind häufig so wie ihre Mütter. Becky ist genau wie Olivia."

Becky schloss für einen Moment die Augen, dann sah sie Genoveva, Pepper und Ferdinand der Reihe nach an.

„Ihr habt meine Mutter gekannt?"

Pepper stellte die Musik ab. Plötzlich war es ganz still im Raum. Man hätte eine Stecknadel fallen hören können.

Sanft und wie ein echter Kavalier geleitete Ferdinand Becky zu dem schmalen Sofa, das mitten im Zimmer stand. Hugo setzte sich neben seine Freundin, Watson legte sich zu seinen Füßen, und Lotti hüpfte in Beckys Schoß. „Es ist schon lange her, dass ein kleines Mädchen in unsere Bibliothek gekommen ist", begann Pepper zu erzählen. „Sie hatte dunkle, störrische Locken, die sich in alle Himmelsrichtungen kringelten."

„Und ihr Lächeln war ... einfach bezaubernd", schwärmte Genoveva.

„Das Mädchen höß Olivia", ergänzte Ferdinand seufzend.

„Olivia gehörte zu einer Gruppe von Schülerinnen und Schülern aus dem Dorf, die immer mit ihrem Lehrer in die Bibliothek kamen. Sie alle liehen sich ein Buch nach dem anderen aus", erinnerte sich Pepper. „Aber Olivia war besonders. Sie konnte die Magie der Bücher fühlen, konnte in sie eintauchen und die Geschichten mit Haut und Haar erleben."

„Auch wir sind Olivia in einem Buch begegnet. Und sie hat uns so geliebt und das Buch so oft gelesen, dass wir durch Olivia lebendig wurden", erklärte Genoveva. „Pepper, Ferdinand, ich, Lady Greenie, Lady Rose, Lady Botterblom, auch die Buxies genannt, und ... Glimmeria."

„Die Fee Glimmeria!" Becky hielt sich vor Überraschung die Hand vor den Mund. „Das war die Lieblingsfigur von Mama und mir! Wie haben wir sie und ihre Abenteuer geliebt!"

Während Becky sprach, spielten Watson und Lotti mit einer handtellergroßen Glaskugel, die sie unter einem Regal gefunden hatten. Polternd kullerte sie über den Holzboden.

„Watson, Lotti, seid bitte mal leise!" Doch die beiden

ließen sich von Becky nicht stören. „Und dann mochte Mama noch ein Märchenbuch ganz besonders ... wenn ich nur wüsste, welches es war."

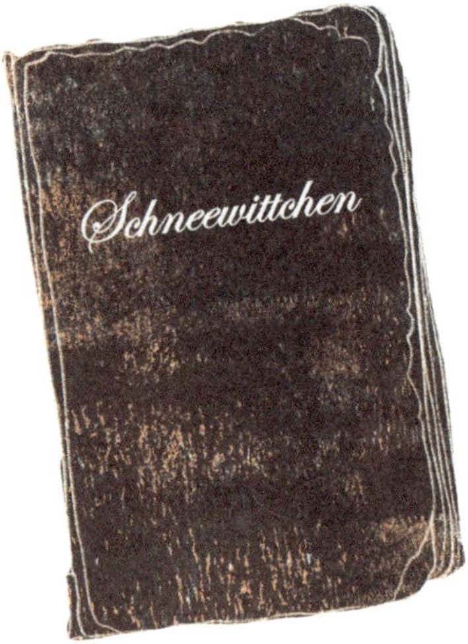

Genoveva lächelte und zog ein Buch hinter ihrem Rücken hervor. „Hier ist es, Becky. SCHNEEWITTCHEN. Ich habe Olivias Schätzchen extra für dich herausgesucht, weil ich hoffte, du würdest dich daran erinnern."

Mit feuchten Augen nahm Becky das Buch und strich sacht über den Einband.

Hugo entging nicht, wie sehr Becky von ihren Gefühlen überwältigt wurde. „Macht doch nicht so einen Lärm. Das nervt!", mahnte er Watson und Lotti.

Doch die beiden ließen sich auch davon nicht beeindrucken, sondern spielten munter weiter. Bis Becky aus ihren Erinnerungen auftauchte, vom Sofa aufstand und die Kugel in die Tasche ihres flauschigen Bademantels steckte.

„Es reicht jetzt. Da wird man ja verrückt. Los, wir suchen uns jeder ein paar Bücher aus, und dann machen wir, dass wir ins Bett kommen."

„Also ich schmökere auf jeden Fall noch ein bisschen." Hugo zog einige Bücher aus den Regalen, bis er einen turmhohen Stapel beisammen hatte. „Das reicht für eine Weile."

„Ich begnüge mich erst mal mit Mamas Schätzchen." Glücklich hielt Becky das Märchenbuch in der Hand und strahlte die magischen Wesen an. „Bis morgen, ihr Lieben."

Im Verborgenen …

Glaubt ihr, sie denken noch an uns? Oder haben sie uns längst vergessen?“ Lady Greenie saß auf dem Rand ihres Bettes und seufzte. Mit den langen, schmalen Fingern strich sie ihr grünes Blätterkleid glatt. „Ich vermisse Genoveva, Pepper und Ferdinand. Und unsere schöne, große Bibliothek. Und das wunderbare Schloss!“

„Meine Liebe.“ Madame Rose tätschelte sanft die Hand ihrer Freundin. „Wir müssen zusammenhalten. Wir dürfen die Hoffnung nicht aufgeben. Bestimmt holt uns die Retterin aus unserem Gefängnis.“

„Ich werde noch ganz gelb vor Kummer“, erklärte Lady Botterblom. „Wer kümmert sich um unsere Bücher?“

Eine hübsche Fee mit silbernen Haaren und einem zartrosa Kleid schwebte anmutig durch den kahlen, vergitterten Raum, in dem vier Betten und ein kleiner Tisch mit vier Stühlen standen. „Wenn ich doch nur wüsste, wo ich meine Kristallkugel gelassen habe. Damit könnten wir Genoveva, Pepper und Ferdinand zumindest sehen. Aber so kann ich nichts, aber auch gar nichts für uns tun!“

Alle vier sahen sich betrübt an. Dicke Tränen flossen ihre Wangen hinunter. Hoffnungslosigkeit füllte den Raum wie dichter Nebel.

„Es ist einfach so, meine Lieben“, fasste Lady Greenie ihre aussichtslose Lage zusammen. „Es kann sein, dass wir nie mehr aus diesem Gefängnis herauskommen. Nie mehr!“

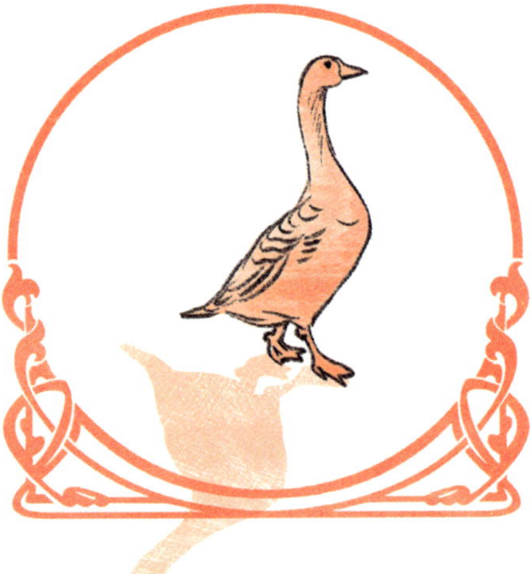

11. Kapitel

Märchen und Nebelschwaden

Hugo verschwand mit seinem Stapel zerschlissener Bücher in seinem Zimmer, Becky flitzte in ihres. Sie konnte es kaum erwarten, das Lieblingsbuch ihrer Mama endlich aufzuschlagen. Lotti hatte so viel mit Watson getobt, dass sie sofort auf ihrem Sessel einschlief. Becky dagegen zog den Bademantel aus, rückte ihr Kopfkissen zurecht, knipste die Taschenlampe an, blätterte vorsichtig in den losen Seiten und begann zu lesen:

„Es war einmal mitten im Winter und die Schneeflocken fielen wie Federn vom Himmel …“

Und während sie die Geschichte vom Schneewittchen las, veränderte sich nach und nach die Welt um sie herum. Erst wurde es so frostig und kalt im Zimmer, dass Becky sich ein paar Eiskristalle von der gefrorenen Nase wischen musste. Während sie las, wie der Jäger Schneewittchen in den Wald führte, roch es plötzlich nach Tannennadeln, und zwei Ameisen krabbelten über Beckys Hand. Als sie aufsah, war ihr Zimmer verschwunden. Stattdessen stand Becky mit der bösen Königin vor einem goldenen Spiegel und hörte diese flüstern:

„Spieglein, Spieglein an der Wand.

Wer ist die Schönste im ganzen Land?“

Doch bevor Becky las, was der Spiegel antwortete, platzte es aus ihr heraus: „Menno, was soll eigentlich diese dämliche Frage? Ist es nicht völlig egal, wer schöner ist? Darauf kommt es doch überhaupt nicht an. Sag mir lieber, was du mit dem armen Schneewittchen vorhast!“

Es wunderte Becky kein bisschen, dass sich die böse Königin zu ihr umdrehte, die Brauen hob und mit sanfter

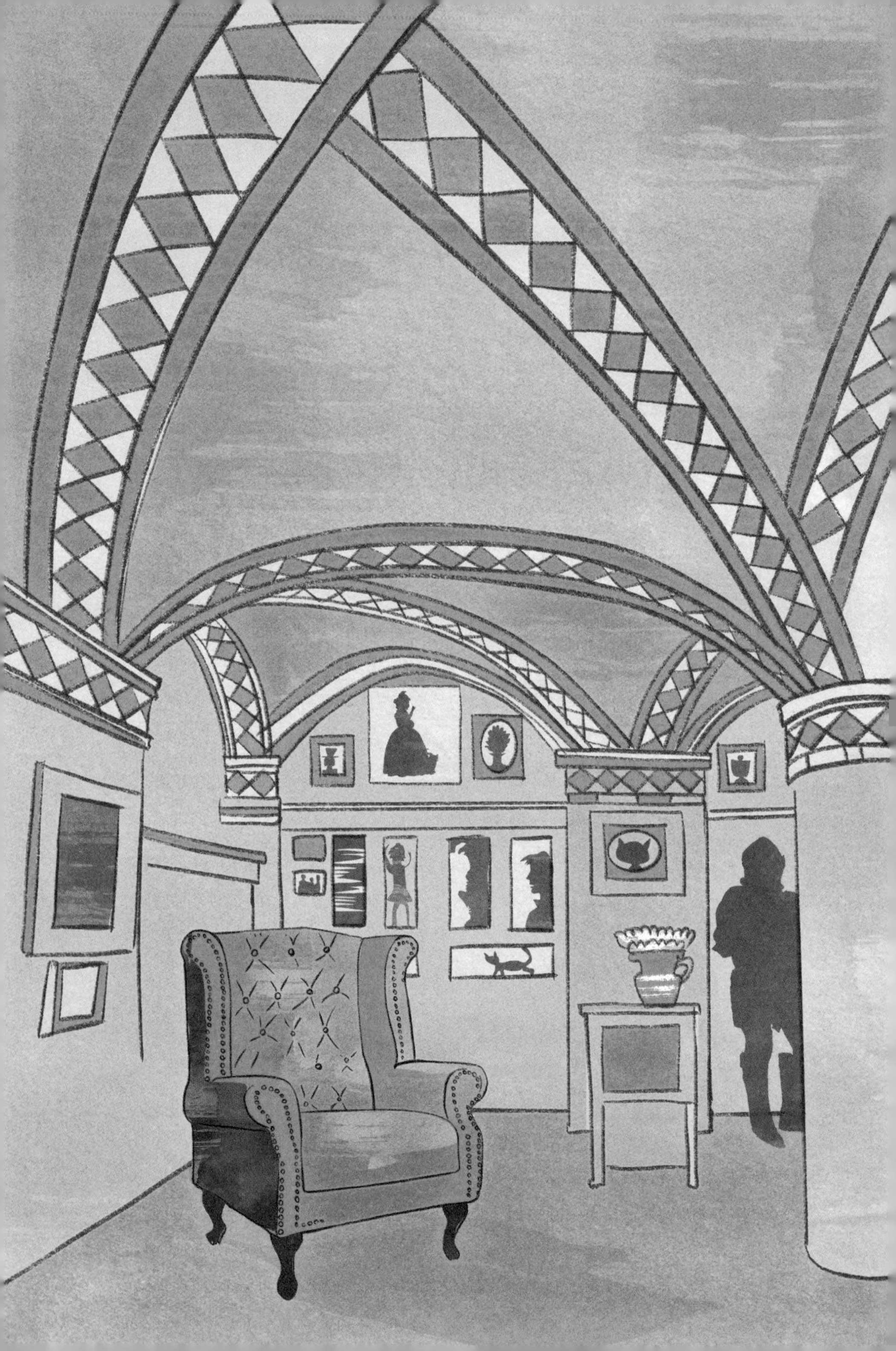

Stimme sagte: „Becky, Becky. Sieh einmal an, so blöd und langweilig scheinen Kinderbücher doch nicht zu sein, oder?“ Die Königin lächelte. „Ich kann ja auch nichts dafür, dass ich eine solche Rolle in dem Märchen spiele.“ Sie zog einen Apfel aus ihrem bestickten Beutelchen. „Jetzt muss ich das arme Schneewittchen auch noch mit diesem Apfel vergiften, herrje. Dabei sieht er so appetitlich aus, dass ich ihn am liebsten selbst essen würde.“

„Aber warum denn?“, fragte Becky. „Warum musst du das tun?“

Die Königin seufzte. „Jeder hat seine Bestimmung in einer Geschichte. Wie im echten Leben. Auch du, liebe Becky. Bald sollst du eine große Aufgabe lösen. Und ich weiß, dass du den Mut dazu hast. Trau dir etwas zu, Kind. Deine Mutter würde dir das Gleiche raten. Und sie wäre sehr stolz auf dich!“ Die böse Königin kniff die Augen zusammen. „Ein kleiner Tipp noch ... Nutze die Kugel, sie zeigt dir den Weg.“ Ihre Miene verfinsterte sich. „Genug jetzt. Ich kann wirklich nicht den ganzen Tag freundlich sein und mit dir plaudern, so steht das nicht im Buch. Lies weiter!“

Damit drehte sie sich wieder um, und die Geschichte nahm ihren Lauf. Genau so, wie sie im Märchenbuch stand. Als Becky es beendet hatte, staunte sie. Das Buch sah aus wie neu, jede Seite saß fest, der Einband war unbeschädigt.

„Es stimmt, Lotti", flüsterte Becky in die Stille der Nacht. „Lesen schützt die Bücher. Und es ist einfach magisch! Aber ...", sie gähnte laut, „was hat die Königin mit der Kugel gemeint? Das verstehe ich nicht ganz ..."

Als ihr in diesem Moment die Augen zufielen, hatte Becky noch immer die albernen Späße der Zwerge im Ohr, das Singen von Schneewittchen und die Worte der bösen Königin. In ihrer Nase hing der Duft des Waldes. Sogar der Geruch des Mittagessens, das Schneewittchen für die sieben Zwerge gekocht hatte, waberte noch eine Weile durchs Zimmer und durch Beckys Träume.

Ab dieser Nacht konnte Becky sich nichts Schöneres mehr vorstellen als in Fantasiewelten zu reisen. Und sie verschlang sogar mehr Bücher als Hugo! Was etwas heißen wollte.

Am schönsten war es, wenn sie am Morgen gemeinsam mit Pepper, Genoveva und Ferdinand ein paar Bücher auswählten, die dringend gelesen werden mussten. Danach lasen sie die Geschichten ihren magischen Freunden sowie Lotti und Watson in der Bibliothek vor. Oder sie schmökerten in ihren Betten, in der Küche oder im Wohnzimmer. Manchmal sogar auf dem Klo. Mit Ferdinand lasen sie spannende Rittergeschichten in der Waffenkammer, mit Genoveva trafen sie sich nachts auf den kleinen roten Polsterstühlen vor dem offenen Kamin in der Eingangshalle. Ständig schleppten Becky und Hugo neue Bücher an und retteten so einen Band nach dem anderen vor dem Zerfall. Es war gut, dass noch Ferien waren, Beckys Vater seine Vorlesungen in der Universität halten musste und Molly neben der Arbeit im Schloss tatsächlich ihr

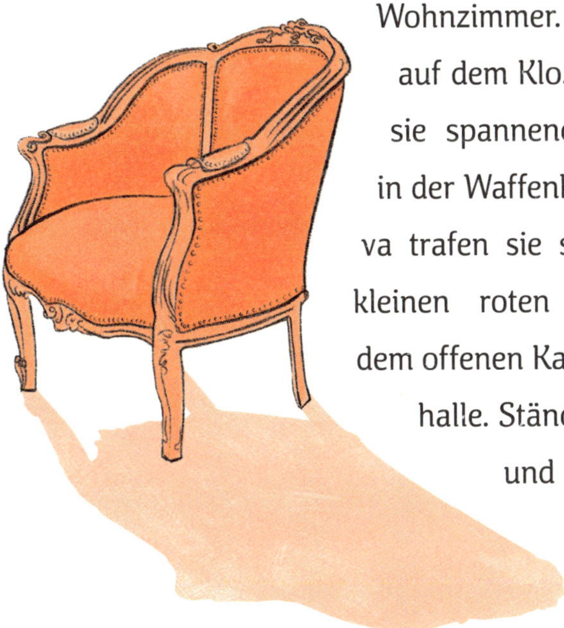

Studium wieder aufgenommen hatte. So waren die Erwachsenen beschäftigt und bekamen von den Ereignissen im Bücherschloss nichts mit.

Freudestrahlend staubten Pepper, Genoveva und Ferdinand täglich die Regale ab, in denen immer mehr feste Buchrücken und hübsche, unversehrte Bücher standen.

Ferdinand legte Becky und Hugo je eine schwere Hand auf die Schultern. „Öch bön so stolz auf euch."

Nur Genoveva wurde immer schweigsamer. Zumindest hatten Becky und Hugo diesen Eindruck.

„Irgendwas stimmt nicht mit ihr", flüsterte Hugo seiner Freundin eines Tages bei einem Besuch in der magischen Bibliothek zu.

„Ich finde auch, dass Genoveva traurig aussieht", stimmte Becky zu. „Aber ich verstehe es nicht. Wir lesen doch wie wild, und die Bücher erholen sich Tag für Tag mehr."

„Und sie riechen auch wieder gut", wisperte Lotti und sprang auf ein hübsches Buch mit einer Ranke von Weintrauben auf dem Einband. „Ich könnte glatt hineinbeißen. Das sieht so lecker aus. Also normalerweise mag ich

Nüsse ja fast so gern wie Trauben. Aber Trauben riechen besser und sind auch fruchtiger und ..."

Watson sah Lotti mit schief gelegtem Kopf und hochgezogenen Lefzen mahnend an. Das Streifenhörnchen schwieg sofort.

„Warum fragt ihr Genoveva nicht einfach, was los ist?", raunte Watson Becky und Hugo zu. „Wahuu, echte Detektive gehen den Sachen immer auf den Grund!"

Als Genoveva wieder einmal geistesabwesend vor dem zähen grünen Nebel stand, der die Abteilung mit den fantastischen Abenteuern umhüllte, die in Wäldern, auf Bergen oder sonst wo in der wilden Natur spielten, fasste sich Becky ein Herz: „Dich bedrückt doch etwas, Genoveva. Habe ich recht?"

Lotti hüpfte von Beckys Schulter auf die von Genoveva und knibbelte sanft an ihrem Ohr.

„Danke für die kleine Massage, Lotti", flüsterte die Gräfin versonnen und riss sich zusammen. „Unsinn, mir geht es gut. Wirklich! Es ist Zeit für ein Freudenfest. Weite Teile unserer Bibliothek sind durch dich und Hugo schon gerettet."

„Ach ja?", fragte Hugo. „Und wieso tanzt du dann nicht mit Ferdinand? So wie neulich?"

„Wir spüren doch, dass du etwas auf dem Herzen hast. Und wir wollen nicht, dass du traurig bist", flüsterte Becky. „Was ist los, Genoveva? Es hat doch mit den anderen Büchern zu tun … denen da hinten." Sie deutete auf die Abteilungen, die im Nebel lagen.

Die Gräfin strich sich verlegen eine Haarsträhne aus dem Gesicht. „Ihr habt recht. Ich kann es nicht mehr für mich behalten. Ihr habt eure erste Aufgabe so wunderbar erfüllt, ihr zwei. Ihr habt euch zum Lesen verführen lassen und damit einen Großteil der Bücher gerettet." Sie sah Becky und Hugo verlegen an. „Doch es ist noch viel mehr nicht in Ordnung! Pepper, Ferdinand und ich sind nicht die einzigen Hüter der magischen Bibliothek in Schloss Rosenbolt. Und ich befürchte, vier unserer Kolleginnen sind in großer Gefahr!"

Genoveva, Hugo und Becky nahmen auf dem Sofa Platz. Genoveva zerknüllte aufgewühlt ihr Spitzentaschentuch. Ferdinand stand wie eine lebende Statue hinter seiner Freundin und legte ihr tröstend die Blechhand auf die Schulter. Pepper, Watson und Lotti setzten sich zu ihren Füßen.

Alle sahen die Gräfin gespannt an.

„Wir hatten Glimmeria und die Buxies, also Lady Greenie, Lady Rose und Lady Botterblom, schon einmal kurz erwähnt. Vielleicht erinnert ihr euch daran", erklärte Genoveva. „Es war gut, dass ihr damals nicht nachgefragt habt, denn sonst wäre ich wahrscheinlich schon in diesem Moment mit unserem zweiten Problem herausgeplatzt. Und ich hätte dich, euch alle, furchtbar damit überfordert."

Pepper stand auf und strich nachdenklich um Beckys Beine herum. „Vor langer Zeit hat deine Mutter uns alle aus diesem einen besonderen Buch, das es nur einmal auf der Welt geben soll, herausgelesen. Olivia wurde schnell unsere beste Freundin. Außerdem haben wir uns hier im Schloss alle sehr wohlgefühlt. Und als Graf Bolte die Betreuung seiner Bibliothek in unsere Hände gelegt hat, sind wir geblieben."

„Du bist deiner Mutter so ähnlich, Becky. Auch sie konnte sich unser Erscheinen erst nicht erklären. Aber sie war offen für alles. Auch für das, was ihre Vorstellungskraft überstieg. Und ich bin mir sicher, sie würde sich wünschen, dass auch du ..." Genovevas Stimme versagte.

Ferdinand nahm seine Freundin behutsam in den Blecharm. „Alles gut, Genoveva, alles gut." Die Ritterrüstung räusperte sich. „Wör alle kommen aus der magöschen Welt. Aber örgendetwas läuft leider schöf."

Pepper nickte. „Glimmeria und die Buxies wollten dort nur einen Kurzbesuch machen. Aber daraus sind jetzt schon viele Wochen geworden."

Genoveva schluchzte. „Unsere Freunde müssten längst wieder zurück sein. Denn jetzt sind ja wieder Kinder da, die sich um die Bücher kümmern."

„Aber sö kommen nöcht", erklärte Ferdinand. „Also haben wör uns gedacht, dass du und Hugo völleicht das Buch fönden könntet, aus dem Olivia sö schon herausgelesen hatte ..."

„Und dass wir das dann auch wieder machen", schlussfolgerte Hugo. „Verstehe. Allerdings ...", er holte tief Luft, „wo ist dieses Buch denn?"

Pepper machte einen Katzenbuckel, Genoveva zuckte

mit den Schultern und Ferdinand machte einfach nichts. Was bedeutete, dass auch er keine Ahnung hatte.

„Es könnte überall sein“, meinte Pepper schließlich ziemlich kleinlaut. „Hier in der Bibliothek, im Schloss, irgendwo anders ... eigentlich überall. Und das ist das Problem. Wir wissen nicht, wo wir anfangen sollen zu suchen.“

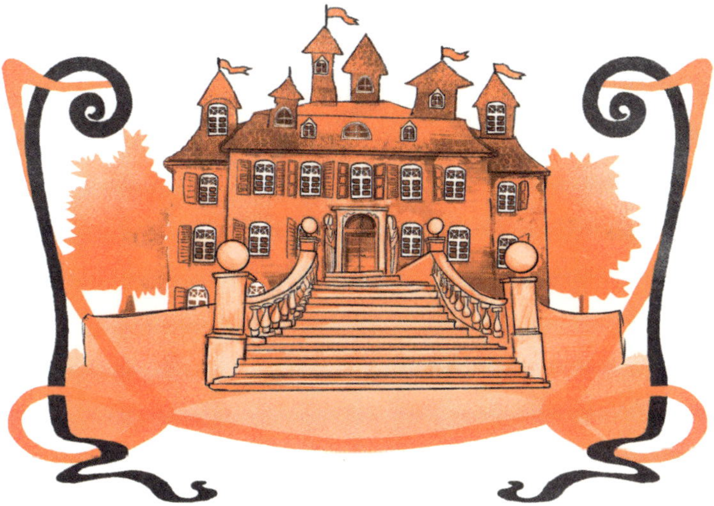

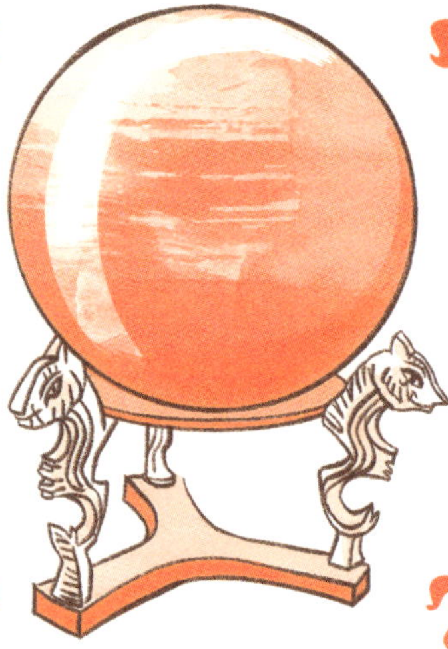

12. Kapitel

Liebe und Kristallkugeln

„Ist dir beim Lesen schon ein Buch begegnet, in dem alle aus … du weißt schon … vorgekommen sind?“, wollte Becky möglichst unauffällig beim Abendessen am nächsten Tag von Hugo wissen. Nebenbei streichelte sie Lotti, die in ihrer Pullovertasche schlummerte.

„Nö, noch nicht.“ Hugo rollte ein paar Nudeln um seine Gabel und tunkte sie in die Tomatensoße. „Und da sind noch Dutzende, ach was … Hunderte von Büchern.“

In den letzten beiden Tagen hatten Becky und Hugo noch mehr gelesen als sonst. Berge von Büchern aus allen Abteilungen hatten sie in ihre Zimmer getragen. Immer in der Hoffnung, dass ihnen das Buch der Bücher begegnen würde. Aber – Fehlanzeige!

„Darf ich mich an eurem Gespräch beteiligen?", fragte Molly. „Ich freue mich wirklich, dass ihr beide so einen Spaß an Büchern habt. Hugo schleppt ständig neue an. Hast du denn so viele Bücher, Becky?"

„Das würde mich auch interessieren", mischte sich Professor Librum ein.

„Äh ... ja, also ..." Becky dachte fieberhaft nach. „Hugo und ich haben in einem Abstellraum in der Nähe meines Zimmers eine ganze Kiste mit Kinderbüchern gefunden. Die lesen wir jetzt."

Unter dem Tisch stieß Hugo Becky bewundernd mit dem Fuß an. Ihre Antwort war ziemlich cool gewesen, fand er. Jetzt war er dran. „Sag mal, Mum, kennst du ein Buch, in dem jede Menge merkwürdiger Wesen vorkommen?"

„Oh, da gibt es viele", meinte Molly. „Grimms Märchen,

die Märchen von Hans Christian Andersen, die Geschichten von Wilhelm Hauff und ..."

„Nee." Hugo winkte ab. „So was meinen wir nicht."

„Also, in dem Buch, das mir da neulich auf den Kopf gefallen ist", sagte Professor Librum, „in dem geht es um merkwürdige Wesen, die alle in einer mag..."

„Schon gut, Papa", unterbrach Becky, „aber deine Arbeit ist hier ausnahmsweise mal gar nicht gefragt. Wir suchen kein Sachbuch oder irgendwas Wissenschaftliches." Sie nahm ihren Teller und stellte ihn in die Spülmaschine. „Danke fürs Essen, Molly, das war lecker." Und zu Hugo gewandt: „Kommst du?"

„Wir quatschen nur noch ein bisschen", erklärte Hugo. „Dann gehen wir ins Bett. Versprochen."

Jeder mit einem Stapel Bücher versorgt, warfen sich die beiden nebeneinander auf Beckys Bett. Hugo hatte eine Tüte Popcorn geöffnet, die er von seiner Mutter bekommen hatte. Lotti hatte sich zwischen die beiden Kinder gedrängt, um sich ihren Anteil bequem schnappen zu können. Watson machte sich nichts aus Popcorn und war eingeschlafen.

Das Fenster im Zimmer stand weit offen, kühle Luft drang von draußen herein, der Mond schien auf den dunklen Holzboden und auf Beckys Bett.

„Brrr! Mir ist ein bisschen kalt", meinte Becky, streifte sich schnell ihren flauschigen Bademantel über und hüpfte wieder ins Bett.

Als sie ihre Hände jedoch zum Wärmen in die Taschen steckte, fühlte sie etwas Kaltes, Rundes. Überrascht zog Becky die Kugel, die sie Watson und Lotti abgenommen hatte, heraus. Kaum umschloss sie das Glas mit beiden Fäusten, begann es sich aufzuheizen. Wie ein Handwärmer glühte es zwischen Beckys Händen. Bis auf einmal winzige Funken daraus hervorstoben.

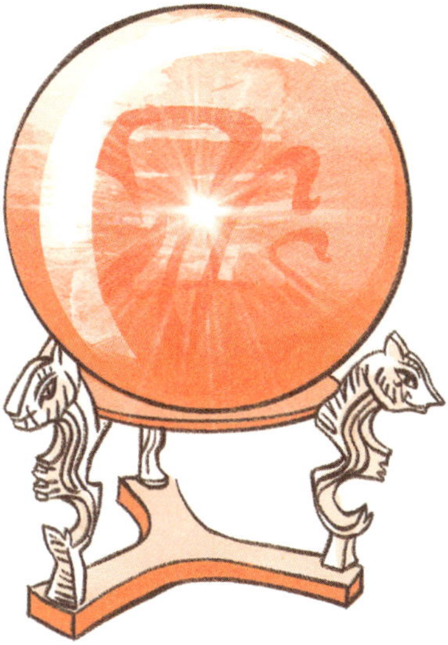

„Autsch", rief Becky und ließ die Kugel aufs Bett fallen. „Was ist das?"

Hugo schaute von seinem Buch auf und rief: „Das ist eine Zauberkugel. Mensch, Becky, so was gibt es sonst nur im Märchen!"

Gebannt beobachteten beide Kinder, wie die Kugel von innen zu leuchten begann. Erst war nur ein glühender Punkt zu sehen, klein wie ein Stecknadelkopf. Dann wurde der Punkt größer und größer und erhellte das Innere der Kugel. Zunächst feuerrot, doch rasch wechselte es in ein mattes Gelb, schließlich waren im Inneren der Kugel mehrere Gestalten zu erkennen.

„Ich glaub's ja nicht", rief Becky. „Da sind drei Buchsbäumchen in der Kugel ..."

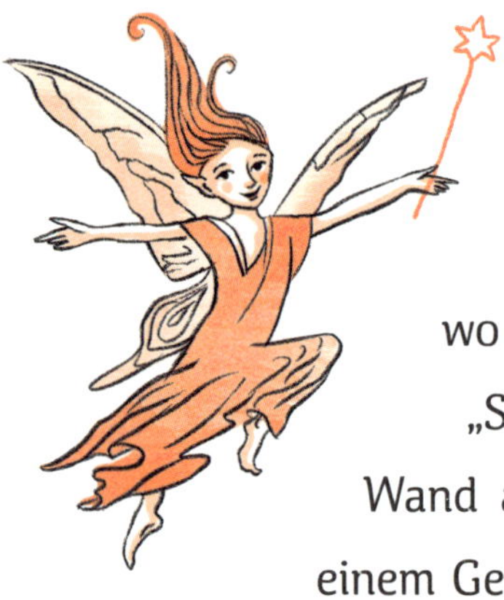

„... und eine Fee mit silbernen Haaren", ergänzte Hugo. „Sag mal, kann es sein, dass das Glimmeria und die Buxies sind? Aber wo sind sie?"

„Sieh dir das vergitterte Fenster an der Wand an. Dann weißt du, wo sie sind. In einem Gefängnis!", stellte Becky bestürzt fest.

Lotti krabbelte vorsichtig auf Beckys Schulter und betrachtete die Kugel aus sicherer Entfernung. „Ich wüsste zu gern, was die da drin reden. Könnt ihr das verstehen?"

Becky schüttelte den Kopf. „Natürlich nicht." Sie stutzte. Für einen Moment schloss sie die Augen, dann flüsterte sie: „Was hat er noch mal gesagt? *Sie können lebendig werden, genau wie wir. Aber nur dann, wenn ihr sie darum bittet. Dann hören sie Dinge, die durch Mauern, über Grenzen hinweg und sogar durch alle Zeiten gehen.*"

„Becky?" Hugo rüttelte die Freundin an der Schulter. „Alles in Ordnung?"

Becky öffnete die Augen und lachte. „Natürlich ist alles in Ordnung, Hugo. Mehr als in Ordnung! Erinnerst du dich nicht, was ich da gerade gesagt habe? Das hat Pepper uns erzählt. Über Igor und Herrn Nase. Der Popelmann kann auch über Grenzen hinweg hören. Verstehst du?"

„Wahuuuu!", bellte Watson, der aus seinem Nickerchen hochgeschreckt war und alles mitverfolgt hatte. „Das kapiere ja sogar ich. Aufwachen, Herr Popelmann! Mach schon, Igor!"

Die beiden Steinfiguren klimperten mit den Augen und räkelten sich. „Kein Problem!", erklärte der Popelmann.

Becky und Hugo schauten zum Fenster. Wie wild fuchtelte Herr Nase dort mit seinen großen Händen.

„Darf ich kommen? Kann ich helfen? Ihr wisst doch, ihr müsst es mir erst erlauben."

„Aber natürlich, unbedingt", rief Becky und winkte Herrn Nase zu. „Komm schon, Popelmann!"

„Aber nicht ohne mich", polterte Igor, der steinerne Drache. Geschickt löste er sich von der Wand, breitete die Flügel aus und flog eine elegante Kurve durchs Zimmer. „Endlich mal wieder fliegen!" Unterwegs holte er Herrn Nase ab, und gemeinsam schwebten die beiden zu den Kindern aufs Bett.

Lotti war das Ganze nicht geheuer, sie hatte sich vorsichtshalber unter die Bettdecke geflüchtet.

„Das hier sind tatsächlich die drei Buxies und Glimmeria", erklärte Herr Nase und legte sich an die Kristallkugel. „Psst ... seid leise, damit ich was hören kann." Er lauschte und nickte und schüttelte immer wieder den Kopf. Schließlich löste er sich und ließ sich erschöpft, aber mit einem breiten Lächeln auf Beckys Kopfkissen nieder.

„Diese Kugel gehört Glimmeria. Sie vermisst sie schon lange." Aufgeregt popelte der kleine Kerl in seiner großen

Nase. „Die ganze Zeit über hat sie sich mit den Buxies darüber unterhalten. Und sie hat sich mächtig geärgert."

„Geärgert? Warum denn?", wollte Becky wissen.

Herr Nase verschränkte die Arme vor der Brust. „Weil es eine Wunschkugel ist. Und ohne sie gehen ihre Wünsche nicht mehr in Erfüllung."

Lotti steckte den Kopf unter der Bettdecke hervor. „Kann ich mir ein paar Heidelbeeren wünschen? Die mag ich echt gern. Oder Himbeeren? Auch lecker, wenn sie nicht zu matschig sind. Oder doch lieber zwei hart gekochte Eier, die könnte ich …"

„Lottiiiii", riefen Becky, Hugo und Watson im Chor. „Ruhe!"

„Es ist doch glasklar, was wir uns jetzt wünschen", flüsterte Hugo mit bebender Stimme. Aufmunternd sah er zu Becky. „Mach du. Mach es für deine Mama!"

Becky nickte. Ihr Herz klopfte wie wild. „Ich möchte sehen, wo das Buch der Bücher ist. Das Buch, das meine Mama so geliebt hat. Das Buch, aus dem die magischen Wesen stammen. Zeig es uns, Kristallkugel!"

Sofort glühten wieder kleine Punkte in dem vorher

glasklaren Kristall auf. Feuerrote Fäden durchzogen das Glas wie Spinnennetze, fügten sich zu einem wabernden Brei zusammen und wechselten langsam zu einem hellen Grün. Dann erschien das Bild eines Mannes. Er saß versunken an einem Schreibtisch, neben ihm lag ein dickes Buch, auf dem goldene Buchstaben prangten.

Becky schnappte nach Luft. „Das ... das ist ... mein Vater!“

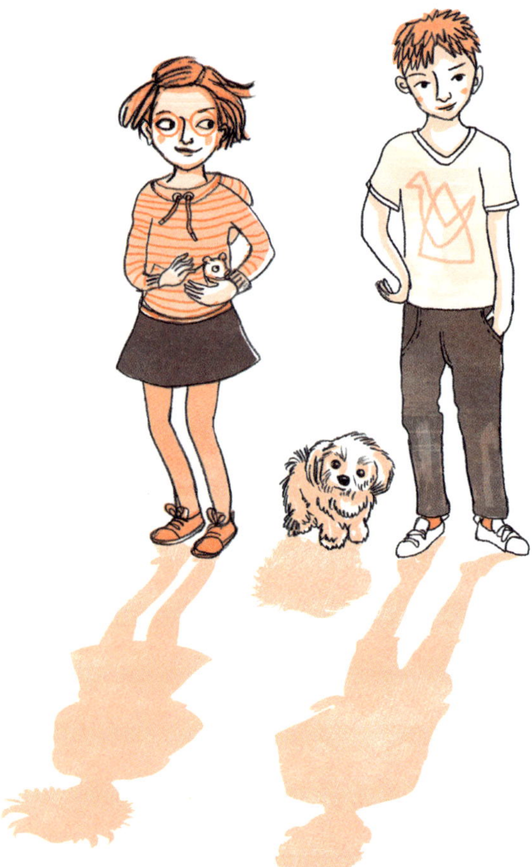

„Tatsächlich.“ Hugo kratzte sich ungläubig am Kopf. „Professor Librum in seinem Arbeitszimmer. Na, klasse. Und was soll das?“

Lotti zupfte ihn sachte am Ärmel. „Sieh doch mal genau hin, Hugo. Und guck dir Becky an.“

Verblüfft schaute Hugo zu seiner Freundin. Mit der Kuppe ihres Zeigefingers strich Becky liebevoll über die Kugel. Tränen rannen über ihre Wangen. Sie wandte sich zu Hugo. „Das Buch der Bücher, das Lieblingsbuch meiner Mutter. Lies doch mal die Schrift auf dem Einband! Ausgerechnet mein Vater hat es gefunden. Wie konnten wir nur so blöd sein, Hugo! Die ganze Zeit schon wollte er es uns zeigen, aber wir waren nur mit uns beschäftigt. Jetzt dürfen wir keine Zeit mehr verlieren. Mein Vater wird uns das Buch gern zum Lesen geben und dann ..."

„... reisen wir in diese fantastische Welt!", führte Hugo ihren Gedanken zu Ende.

„Und wir sind dabei", riefen Lotti und Watson.

Becky schloss die Augen und seufzte tief. „Das würde dir bestimmt gefallen, Mama. Auf ins nächste Abenteuer!" Sie blickte sich nach Igor und Herrn Nase um. „Und was sagt ihr dazu?"

Doch die beiden waren längst in die Bibliothek geflogen und hatten von dem sensationellen Fund und der Reaktion der Kinder berichtet.

Pepper, Genoveva und Ferdinand, die gerade eine Partie Karten spielen wollten, hielten inne und lächelten.

„Es ist so weit. Auf Becky können wir uns verlassen", erklärte Genoveva gerührt. „Sie lacht, weint, fühlt ... und liest. Genau wie unsere Olivia. Habe ich es euch nicht gesagt, dass Töchter oft so sind wie ihre Mütter?"

Pepper schnurrte zufrieden. „Der Schlüssel zur magischen Welt ist gefunden. Endlich."

„Von wegen – endlöch! Jetzt geht es erst röchtög los", rief Ferdinand.

Er fasste Pepper an den Pfoten, Genoveva an ihren zarten Händen und gemeinsam wiederholten sie Beckys Worte wie eine Beschwörungsformel: „Auf ins nächste Abenteuer!"

Barbara Rose ist Kinder- und Jugendbuchautorin und Journalistin. Über zehn Jahre lang hat sie sich Geschichten fürs Fernsehen ausgedacht und Sendungen für Kinder und Jugendliche im Radio moderiert. Inzwischen arbeitet sie als freie Autorin und kann das tun, was ihr am meisten Spaß macht: Bücher schreiben und daraus vorlesen. Sie wohnt mit ihrem Mann und ihren vier Kindern in der Nähe von Stuttgart. Mehr zur Autorin unter: www.barbara-rose.info

Annabelle von Sperber, Jahrgang 1973, ist Diplom Designerin und studierte Buchkunst (an der Hochschule für Angewandte Wissenschaften) in Hamburg. Bekannt durch zahlreiche Spitzentitel und Serien im Kinder- und Jugendbuch, die in viele Länder verkauft wurden, machte sie sich mit ihren Kunst- und Architektur-Wimmelbüchern international einen Namen. Ihre Bilder zeichnen sich durch warme Farben, leidenschaftliche Figuren, einen feinen Humor, Lebensfreude und der Liebe zum Detail aus. Außerdem lehrt sie an der Akademie für Illustration und Design Berlin und an der Akademie Faber Castell. Annabelle von Sperber lebt in Berlin und im Schwarzwald.

Das will ich lesen!

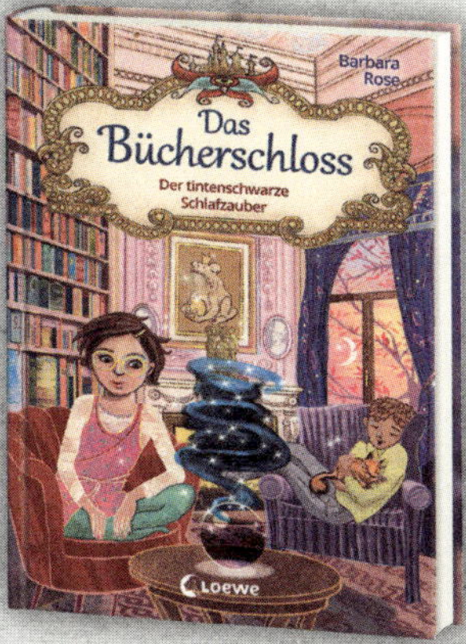

Band 5 · ISBN 978-3-7432-1479-8

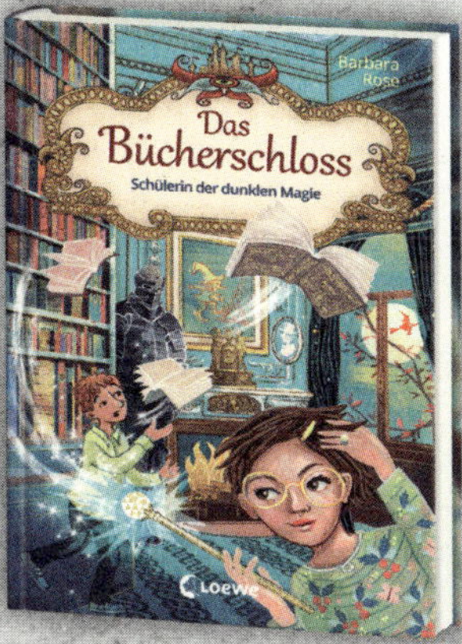

Band 6 · ISBN 978-3-7432-1646-4

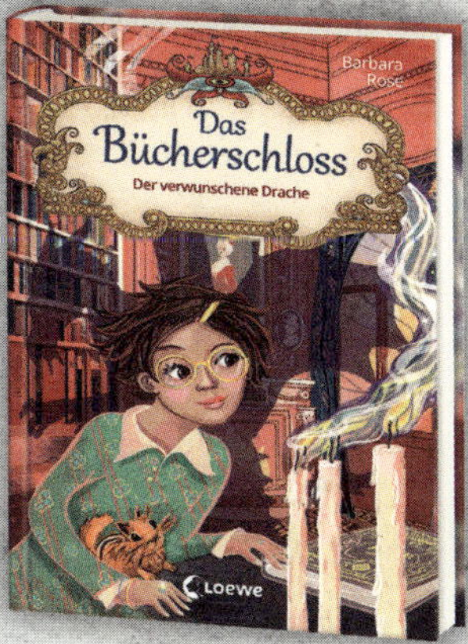

Band 7 · ISBN 978-3-7432-1647-1

Loewe
Das will ich lesen!

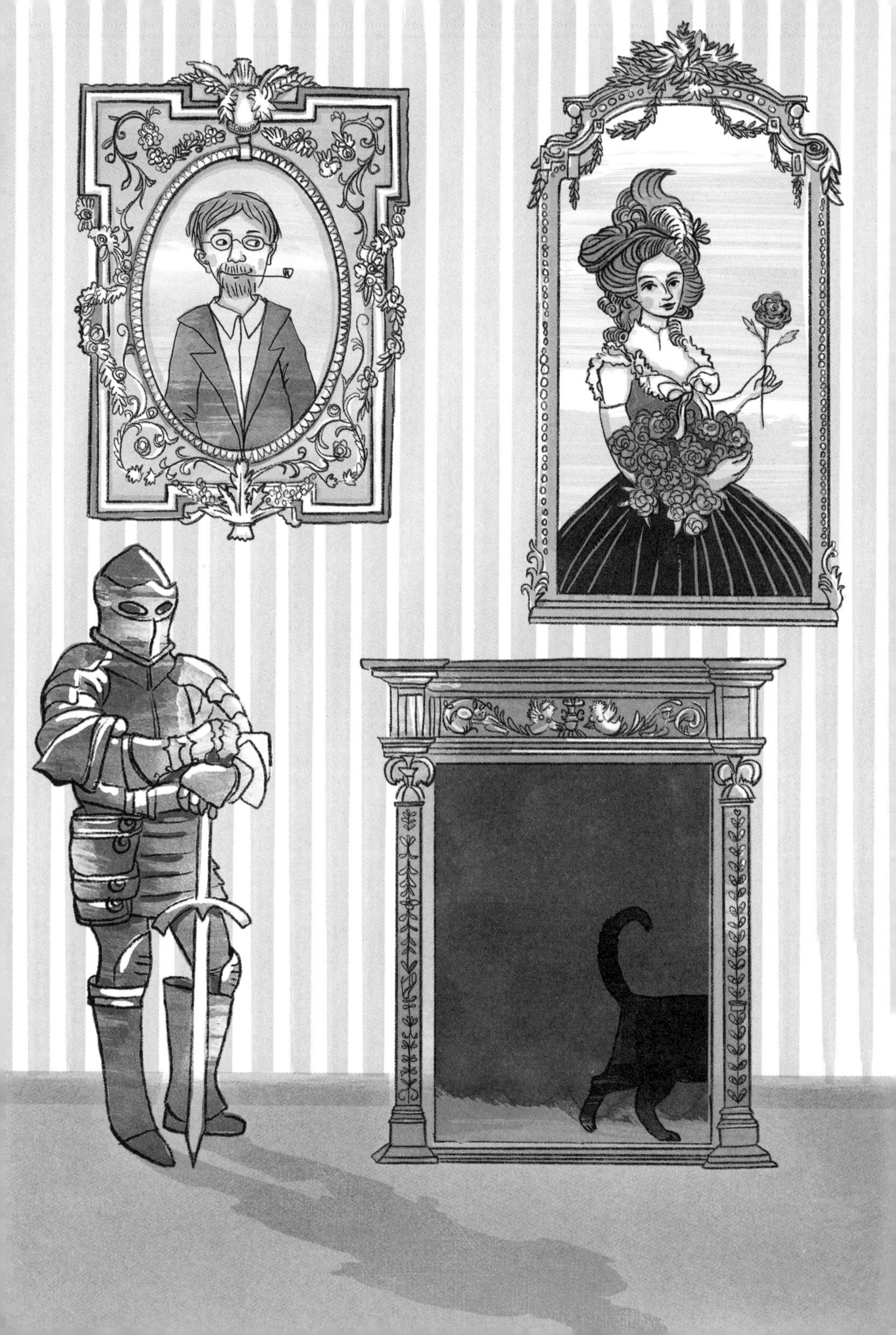

The Role of Dental Nurses in Oral Health Promotion to Prevent Dental Caries in Children within General Dental Practices: A Scoping Review

'A Global Evidence-Based Exploration of Dental Nurses' Roles in Preventing Childhood Dental Caries'

By:
Ripa Chakraborty
BDS (University of Dhaka, Bangladesh)
RDN (GDC, UK)
MSc (Dental Public Health, Policy & Leadership
(Queen Mary University of London, UK)

An Independent Scholarly Publication

Copyright:

ISBN: 978-1-918424-74-4